Julie Broly

CALIÉOR

© Rémanence, 2019
Collection Regards
Couverture et mise en pages : www.mapicha.fr
ISBN 979-10-93552-87-3

Première partie

Chapitre 1

1er septembre

Tout était sombre. Ce grand bâtiment aux allures industrielles déserté et cette salle vide étaient tout simplement sinistres. Le jour osait à peine percer à travers les rideaux tirés et dans la moiteur de cette fin d'été flottait un parfum de vacances inachevées. Presque à tâtons dans la pénombre, je m'avançai doucement vers cette immense table et tirai du bout des doigts une petite chaise au bois défraîchi. Quand je m'assis, la chaise grinça et me fit sursauter. Tout était silencieux. La réunion d'information du nouveau personnel ne semblait pas déplacer les foules.

Edu'Mag, célèbre magazine lillois dédié à l'éducation et à la formation, avait du mal à recruter. La grève générale, deux ans plus tôt, lui avait fait mauvaise presse. Cette rentrée journalistique s'annonçait donc mortellement ennuyeuse… Seule, mal à l'aise, n'ayant pour occupation que l'observation de vieilles peintures accrochées au mur sans soin, l'attente ne me paraissait que plus longue.

Dix heures et toujours pas une âme qui vive. Mes yeux avaient déjà fait cent fois le tour de la pièce et je commençais à croire à une mauvaise plaisanterie. Je préparais mentalement ma fuite et m'apprêtais à me lever pour traverser à nouveau le long couloir étriqué qui m'avait amenée jusqu'ici une heure plus tôt quand des bruits de pas vinrent enfin faire retentir l'heure de la délivrance.

Deux, trois, puis quatre personnes entrèrent, hésitantes, visiblement surprises par ma présence. La salle se remplit finalement peu à peu, chacun se forçant à amorcer la conversation pour rompre le silence gênant, et c'est dans cette atmosphère plus légère que le Grand Patron – que la carrure imposante et l'air bourru et froid rendaient d'emblée peu sympathique – débarqua.

— Commençons, lâcha-t-il sans nous saluer et sans la moindre excuse pour son arrivée tardive.

Il s'assit, pour se relever aussitôt, et marcha d'un pas lourd jusqu'à l'interrupteur, que nul n'avait osé allumer. Une lumière blanche jaillit et nous aveugla un instant. Les visages s'éclairèrent et tout devint soudainement beaucoup plus réel. L'angoisse du premier jour de travail pouvait se lire dans tous les regards, un stress paralysant envahissait les journalistes fraîchement diplômés et encore néophytes que nous étions.

Trop affairé à lisser de la main les plis de son veston, le patron ne remarquait même pas qu'il se tenait face à une salle apeurée. C'était pourtant flagrant. Devant moi, un jeune homme à la barbe naissante masquait difficilement ses tremblements. À sa droite, une femme élancée peinait à afficher un sourire détendu et deux chaises plus loin, une autre femme aux épaules rentrées essayait tant bien que mal de garder la tête relevée. La réputation du patron l'avait précédé, personne ici n'ignorait le manque d'humanité et les accès de colère qui le caractérisaient. Mais nous savions tous aussi qu'intégrer ce grand magazine d'information serait un bon tremplin, quitte à accepter les conditions de travail qui vingt-quatre mois auparavant avaient conduit l'ensemble des salariés à manifester. Nous étions douze compagnons de galère, prêts à nous serrer les coudes et à mener une lutte acharnée pour devenir des journalistes aguerris. Douze vies pour un seul et même but de réussite. Douze noms qui sortiraient peut-être un jour de l'anonymat.

Midi. Après le long monologue d'une hiérarchie peu avenante et quelques banalités sur l'importance de l'éthique dans la profession, la réunion prit fin et nous fûmes libérés. Alors que je regagnais la sortie, je m'efforçais de mémoriser les visages de ceux qui, comme moi, allaient bientôt plonger au cœur du métier.

2 septembre

Fatiguée par la courte nuit que je venais de passer à me demander comment allait être organisée ma première journée d'action et quelles tâches m'attendaient, j'avais hâte d'entrer enfin dans le vif du sujet et l'excitation qui me tenaillait grandissait au fur et à mesure que les minutes défilaient. C'est donc d'un pas pressé que je me dirigeai vers Edu'Mag et avec fierté que je franchis le seuil de son élégante porte d'entrée en bois de noyer, ornée d'un écusson central qui portait les initiales du magazine. J'empruntai alors un grand escalier en marbre qui conférait au lieu un aspect luxueux et je découvris enfin, avec un plaisir non dissimulé, l'espace de travail qui m'était réservé : un petit bureau d'angle comme j'en avais rêvé sur lequel trônaient un ordinateur flambant neuf, un téléphone blanc à grosses touches et une imprimante dernière génération qui arborait le logo vert et bleu si caractéristique du magazine. Sur la chaise à roulettes tout confort, une jolie mallette noire semblait n'attendre que moi. À l'intérieur, le petit matériel du parfait journaliste.

Un cadeau de bienvenue de Sonia, désignée comme ma formatrice référente pour mes débuts sur le terrain. Pétillante et souriante, elle m'inspira d'instinct confiance. Du haut de ses dix ans d'expérience, elle saurait certainement m'éviter de commettre les erreurs habituelles des débutants.

— N'hésite pas à me poser des questions. La curiosité, c'est la base de notre métier, me dit-elle avec malice.

— Pour ça, tu peux compter sur moi, ma soif d'apprendre est intarissable, je veux tout savoir, lui répondis-je.

— Avec joie, le puits de réponses que je suis saura bien te désaltérer un jour, répliqua-t-elle avec humour.

Je discutai quelques instants encore avec elle et me sentis rassurée. Elle m'épaulerait dans la difficulté, c'était – sur le moment – tout ce qui m'importait. Je voulus alors m'enquérir, non sans impatience, de la première mission qui me serait confiée, m'imaginant déjà mener fièrement ma toute première interview, mais Sonia me fit signe de la suivre.

— Tu vas me seconder dans la rédaction d'un papier sur la troisième édition du salon de la Formation. Il faut répertorier tous les exposants et sortir les historiques pour ne développer que les nouveautés, m'expliqua-t-elle tout en martelant le sol de ses bottes à talons, marchant d'un pas soutenu vers une solide porte en verre trempé que je n'avais pas remarquée à mon arrivée et qui donnait accès à une pièce exiguë aux allures de coffre-fort, sombre et poussiéreuse à la fois.

Nul besoin que Sonia me le précise, je venais de pénétrer dans la salle des archives.

— Nous travaillons encore à l'ancienne. Nos archives ne sont pas numérisées, me dit-elle. Nous passons parfois beaucoup de temps à classer et à chercher, ajouta-t-elle en retenant un soupir.

— Pourquoi sommes-nous ici ? lui demandai-je, interloquée.

— Parce que c'est dans cette pièce que tout commence pour toi. Retrouve les articles publiés sur les deux premières éditions du Salon et tu auras réussi ta mission, me dit-elle en m'adressant un clin d'œil.

À cet instant précis, ma déception était immense et j'eus peine à cacher ma frustration. Pour l'action et les joies du terrain, il faudrait attendre encore…

Pendant plus de deux heures, je parcourus les hautes étagères massives sur lesquelles s'entassaient d'innombrables dossiers cartonnés, à la recherche de ces précieux bouts de papier. Dans cette pièce sans aération et à la climatisation défaillante, je suffoquais et mes pensées commençaient à se brouiller quand je mis enfin la main sur ce que je cherchais : une double-page sur ce fichu salon, avec en sus la liste des exposants et les statistiques de fréquentation. De quoi m'aider à préparer mon article.

Je sortis quelque peu nauséeuse de ma prison et retrouvai Sonia, assise sur son bureau, les jambes croisées, absorbée par la lecture du dernier numéro du magazine.

— Mission accomplie, lui dis-je en souriant et en lui tendant les pages que j'avais débusquées.

— Bravo, tu es maintenant une vraie pro, se moqua-t-elle gentiment. Mais avant de te lancer dans ta rédaction, je te propose une petite collation. Un bon café et des croissants frais. Ces heures de recherches ont dû t'ouvrir l'appétit, et puis, tu l'as bien mérité, reconnut-elle.

J'acceptai volontiers et pris plaisir à bavarder avec elle. Cette pause sucrée me remit d'aplomb et me fit réaliser qu'il ne me faudrait pas moins d'une journée pour venir à bout de cette fameuse rédaction. Le bouclage étant prévu pour le lendemain matin, je ne pouvais donc vraiment pas m'attarder. Je tenais à remettre un travail de qualité : décevoir Sonia était la dernière chose que je souhaitais. Je regagnai ainsi mon bureau à grandes enjambées et m'attelai à la tâche jusqu'au soir durant, renonçant même à mon déjeuner de peur de ne pas terminer dans les délais.

Contrairement à la veille, je sus trouver le sommeil rapidement et passai une nuit paisible. J'avais réussi à finir l'article dans le temps imparti et Sonia semblait plutôt satisfaite du résultat. Je m'en réjouissais moi aussi, mais j'étais surtout soulagée de ne pas avoir échoué dès mon premier jour de travail. Cela signifiait que ma collègue me ferait désormais confiance, je pouvais donc espérer qu'une mission de terrain me soit très vite confiée.

Chapitre 2

Malheureusement, les semaines puis les mois passèrent et je dus peu à peu me résoudre à reléguer mes rêves aux oubliettes. Le magazine ne me chargeait que de tâches banales et de petits articles sur des sujets déjà largement traités, et je croupissais derrière un bureau que je m'étais mise à détester. Ma désillusion était si grande que j'avais la sensation d'être tombée dans un puits sans fond dont personne ne pouvait me sortir, pas même Sonia qui, pourtant, percevait et comprenait ma déception.

Ce vague à l'âme qui ne me quittait plus me tirait doucement vers la dépression et l'arrivée du froid et de l'hiver n'allait certainement pas m'aider à me relever. Je passai les fêtes de fin d'année seule, complètement éteinte, vidée de toute énergie et dépourvue de toute envie, enfermée dans mon petit appartement au style épuré, au cœur d'un quartier qui, lui, était plein de vie. Je restai prostrée, perdue dans ce tourbillon mélancolique qui me détruisait, sans savourer d'aucune façon ma semaine de congés.

☆

4 janvier

Mettre un pied hors du lit et retourner à nouveau au boulot me paraissait insurmontable, mais je puisai au plus profond de moi pour réunir miraculeusement le soupçon de courage qu'il me restait et réussis finalement à me lever.

J'arrivai, peu pressée et déjà lasse, devant cette porte en noyer que je trouvais si prestigieuse quatre mois auparavant et qui, aujourd'hui, ne matérialisait plus que l'entrée de ma geôle. À peine le seuil franchi, je me mis à imaginer le déroulé de cette énième journée et sentis d'avance l'ennui poindre. J'eus alors l'impression que le sol se dérobait sous mes pieds et qu'un gouffre m'engloutissait. Je gravis les marches de l'escalier telle une condamnée qui monte à l'échafaud et m'aperçus en passant l'encadrement de la porte du bureau que la petite horloge fixée sur le mur du fond retardait. Pour elle aussi, le temps s'était presque arrêté et les minutes compteraient dès lors pour des heures.

Je m'affalai sur le fauteuil de bureau dont le cuir pourtant épais commençait à rendre l'âme, usé par le frottement de mes vêtements et tassé par les kilos que j'accumulais depuis la fin de l'été. La nourriture était devenue un doux refuge qui m'apaisait de la même manière qu'une berceuse calme un bébé. Je songeais d'ailleurs à mon déjeuner, salivant avant l'heure en pensant aux délicieuses empanadas que j'avais préparées, lorsque la sonnerie stridente du téléphone interrompit brusquement mes pensées. C'était Sonia, qui souhaitait me voir. «Sur-le-champ», avait-elle précisé. Aïe, son injonction n'augurait rien de bon et c'est totalement décontenancée que je parcourus les quelques mètres qui séparaient mon bureau du sien. J'entrai sans même frapper, la tête baissée, le visage déconfit et les mains tremblantes telle une enfant que l'on s'apprêtait à réprimander.

— Assieds-toi, me pria-t-elle.

Étrangement, elle avait son air détendu de tous les jours et son large sourire franc ne laissait en aucun cas présager une mauvaise nouvelle. Je me détendis donc un peu et j'étais maintenant curieuse d'entendre ce qu'elle avait à me dire.

— Le patron me demande de réaliser un grand dossier d'enquêtes sur les coulisses des établissements scolaires de notre région spécialisés dans la formation en hôtellerie-restauration, mais j'ai déjà trois papiers en cours et deux interviews en préparation, je ne sais plus où donner de la tête, me dit-elle en riant. Alors si tu la veux, cette mission est à toi ! Tu devras partir en immersion dans une dizaine d'établissements pendant plusieurs semaines, il ne te faudra compter ni ton temps ni tes déplacements. Te sens-tu prête à relever le défi ? m'interrogea-t-elle d'une voix enjouée.

J'avais attendu cette mission tant de temps que j'avais fini par ne plus y croire. Je me dis que c'était trop beau pour être vrai et restai sans réaction quelques secondes avant de reprendre mes esprits.

— Assurément ! lui répondis-je en la remerciant chaleureusement.

J'étais consciente du cadeau qu'elle me faisait et lui assurai que je saurais en être digne. Intérieurement, je dansais de joie et en un instant, mon cœur s'était allégé de toutes les peines de ces derniers mois. Je me sentais soudainement gonflée d'une belle énergie et j'étais impatiente de délaisser enfin mon bureau pour partir à la conquête du terrain. C'était une occasion en or de prouver mes réelles capacités, je n'avais donc pas d'autre choix que de me relever les manches pour être à la hauteur.

Je quittai le bureau de Sonia sur un petit nuage et retournai prestement au mien pour commencer à planifier les semaines d'action qui m'attendaient. Pour une fois, terminer tard ne me fit pas râler et je rentrai chez moi avec entrain, heureuse et pressée d'être au lendemain.

5 janvier

Je me réveillai plus motivée que jamais, avalai hâtivement mon petit déjeuner et me préparai tout en me récapitulant l'organisation de la journée :

9 h : rencontre avec la directrice de la Tablée des Jeunes, l'école culinaire la plus cotée du département, où l'on dit qu'il règne rigueur et fermeté ;

10 h : visite des bâtiments et entrevue avec les enseignants ;

12 h 30 : déjeuner au restaurant de l'école, gracieusement offert par l'établissement ;

14 h : échange avec les apprentis cuisiniers ;

16 h : retour à Edu'Mag pour la relecture de mes notes et la rédaction d'un premier compte-rendu.

En somme, une journée active et bien chargée telle que je l'avais rêvée, qui défila à vitesse grand V, tout comme les jours suivants.

30 janvier

Je réalisai que le mois touchait bientôt à sa fin alors que mon dossier d'enquêtes était loin d'être achevé. Je devais encore me rendre dans trois établissements : un centre de formation, une école supérieure privée dédiée au management dans la restauration et un lycée hôtelier.

Je décidai de commencer par ce dernier, car il était situé à deux pas de chez moi, l'environnement m'était donc plus familier. Je n'avais pas eu le temps de prendre rendez-vous et j'allais saisir le combiné du téléphone quand me vint une idée. J'avais appris deux jours plus tôt que le lycée organiserait ses portes ouvertes le 31 janvier. Je comptais profiter de l'événement pour mener l'enquête sans l'étiquette de journaliste, en me mêlant simplement aux visiteurs. Je voulais qu'on me parle librement et j'espérais également qu'en laissant traîner l'oreille – une fois n'est pas coutume –, je pourrais recueillir quelques confidences sur la direction du lycée, la gestion des équipes, les conflits impliquant parents ou élèves, ou d'autres incidents internes à l'établissement. Je serais à l'affût de toute information qui m'aiderait à étayer mon dossier. La perspective de jouer les détectives m'enthousiasmait énormément et sur le moment, je ressentis une certaine excitation et me félicitai d'aborder mon travail différemment.

Chapitre 3

31 janvier

De bon matin, je marchai d'un pas léger en direction du lycée et consacrai les dix minutes de trajet à réfléchir plus précisément à la stratégie que j'allais adopter pour obtenir les renseignements que je voulais sans être démasquée. Mes vingt-huit ans me permettaient difficilement de me présenter aux enseignants en tant que mère d'un futur élève. Or, il fallait m'attendre à être questionnée sur les raisons de ma visite. Je devais donc trouver un motif vraisemblable.

J'arrivai peu avant neuf heures devant les grilles en fer forgé du lycée. Le froid, le temps gris et la pluie fine qui commençait à tomber m'incitèrent à entrer sans plus tarder. Je pénétrai ainsi dans un vaste hall, où une odeur de café termina de me réveiller. Des petites tables de bar y étaient installées et conviaient les visiteurs à prendre le petit déjeuner. L'espace était tapissé de multiples affiches informatives de couleurs vives, mais en dépit de l'intention claire de faire de ce lieu de passage un lieu temporaire de vie et de rencontre, l'endroit manquait cruellement de chaleur.

Il n'y avait personne autour de moi, mais je pouvais entendre au loin l'agitation des derniers préparatifs. Je patientai quelques instants, puis optai, après hésitation, pour une visite des bâtiments en solitaire. Je sortis du hall, m'aventurai dans l'aile droite et empruntai un premier couloir dont le blanc éclatant des murs me fit presque cligner des yeux. Il débouchait sur des bureaux administratifs et une zone réservée aux enseignants qui comprenait une salle des professeurs, un espace repas confortable, des toilettes d'une propreté irréprochable et un coin informatique.

Je montai ensuite au premier étage, tout aussi désert que le rez-de-chaussée. Il desservait une succession de petites salles de cours lumineuses, mais mal agencées et pauvrement décorées. Je continuai au deuxième étage, où se trouvait notamment un centre de documentation dont les étagères qui regorgeaient de livres en tout genre me rappelèrent la petite salle des archives d'Edu'Mag. Le troisième et dernier étage, quant à lui, était en cours de rénovation et ne présentait aucun intérêt, si ce n'est celui de donner accès à l'aile gauche du lycée par une longue passerelle suspendue au plancher transparent sur laquelle je me risquai sans trop regarder mes pieds. Mon attention était plutôt attirée par les formes que j'apercevais au loin, derrière de grandes baies vitrées.

Curieuse, j'avançai encore de quelques mètres et découvris avec étonnement que l'étage de ce bâtiment distribuait d'impressionnantes cuisines où pianos de cuisson, plans de travail et ustensiles étaient probablement manipulés à longueur de journée par les trois cents élèves qui venaient ici chaque année pour se former – entre autres – au métier de cuisinier.

Avec entrain, je poursuivis mon exploration et tombai droit devant sur la reproduction parfaite d'une salle de restaurant. Une pancarte annonçait qu'il s'agissait en réalité du restaurant pédagogique du lycée, qui permettait aux élèves de mettre en pratique les cours qui leur étaient dispensés. Sobre mais élégant, il accueillait une dizaine de tables carrées, recouvertes de jolies nappes rouges brodées. Sur chacune d'elles était posé un soliflore en verre épais qui abritait une rose blanche fraîchement coupée dont le parfum me plongea directement dans mes souvenirs d'enfance, au temps où j'arpentais pieds nus les sept mille mètres carrés du jardin de la maison familiale, courant joyeusement entre les grands rosiers blancs et les lilas violets qui, en été, laissaient échapper des senteurs que j'adorais respirer.

Je me remémorais avec nostalgie ces moments de légèreté quand un «bonjour» qui semblait sortir de nulle part me fit sursauter. J'étais tellement absorbée dans mes pensées que je ne m'étais pas rendu compte que je n'étais plus seule. Je me retournai et vis une jeune femme s'avancer vers moi d'un pas feutré depuis les vestiaires du restaurant.

— Je peux vous aider? me demanda-t-elle machinalement.

Elle ne s'était pas présentée, mais le badge qu'elle avait épinglé sur le devant de sa veste indiquait qu'elle s'appelait Caliéor Hurrat. Un prénom si singulier que je m'en souviendrai, pensai-je immédiatement. Dans son tailleur noir très élégant, elle donnait l'image d'une femme sérieuse et raffinée, mais son visage un peu fermé n'engageait pas vraiment à la conversation.

— Je voulais juste visiter, lui dis-je presque en m'excusant.

— Il est tôt, le public n'est pas encore arrivé, mais si vous le souhaitez, je peux vous guider, me proposa-t-elle gentiment.

Je hochai la tête.

— Avec plaisir, merci.

Sans lui dire que je venais de passer les vingt dernières minutes à explorer les lieux par moi-même, je la suivis, espérant pouvoir glaner auprès d'elle quelques informations, car je gardais à l'esprit la raison de ma présence et saisis ainsi l'occasion pour entamer une discussion.

— Vous travaillez donc ici ? lui demandai-je sur un ton volontairement innocent.

— Oui, depuis deux ans, je suis professeur en restauration.

Je lui demandai ensuite si elle se plaisait dans ce lycée, mais je compris tout de suite à son air déconcerté que je me montrais très indiscrète. Je sentis qu'elle n'était pas le genre de femme à s'épancher et préférai par conséquent ne pas la braquer d'emblée avec mes questions trop directes. Je l'interrogeai alors sur des choses anodines auxquelles elle répondit chaque fois sans s'étendre. J'ignorais si elle était d'un naturel peu expansif, mais il était évident qu'elle semblait soudainement pressée de me laisser. L'attitude qu'elle affichait à présent n'avait plus rien de décontracté, ses mains effilées qui trituraient un petit porte-clés trahissaient sa gêne et son anxiété. J'avais probablement dû l'embarrasser et je ne savais pas comment me rattraper. Je sentais au fond d'elle une certaine sensibilité, je m'en voulais de lui mentir sur qui j'étais et j'étais presque ennuyée de me servir d'elle pour parvenir à mes fins.

Je décidai finalement de faire une pause dans cet interrogatoire que je tentais de mener discrètement et réalisai qu'il s'agissait en fait d'un art particulier que j'avais du mal à maîtriser. Comme elle non plus ne me posait pas de questions – ce qui, dans un sens, m'arrangeait –, un silence pesant s'installa entre nous tandis que nous descendions l'escalier principal en direction de la cour de récréation. Je craignais, arrivée en bas, de me retrouver un peu bête face à elle, sans savoir comment agir, mais je fus sauvée par l'un de ses collègues, qui la héla pour lui demander de l'aide. Je la remerciai donc pour le temps qu'elle m'avait consacré et la regardai s'éloigner, soulagée. Il était dix heures et je n'avais rien appris de très intéressant.

Je passai le reste de la matinée à chercher à m'informer, errant comme une âme en peine dans le lycée et m'efforçant de prendre part aux conversations qui se créaient, mais ma stratégie s'avéra en définitive peu payante. Ce milieu était décidément trop fermé et trop méfiant pour se confier et force était de constater que j'avais complètement échoué.

Déçue et contrariée, j'étais sur le point d'amorcer ma sortie depuis le troisième étage, où j'étais retournée, lorsque, au moment où je jetais par hasard un coup d'œil par-dessus la rambarde de la passerelle que je traversais pour la énième fois, mon regard s'arrêta en contrebas sur les trois personnes qui discutaient devant la porte du hall d'entrée. Deux hommes – deux enseignants très sympas avec lesquels j'avais pu échanger quelques minutes – et une femme, que je reconnus sans difficulté, même de là où j'étais postée. Caliéor… Son prénom peu usité m'avait marquée et la demi-heure que j'avais passée à ses côtés à faire le tour du lycée sans véritablement pouvoir lui parler m'avait un brin frustrée. Elle paraissait maintenant parfaitement détendue, la veste déboutonnée, un gobelet de café vide à la main, et souriait à ce que ses collègues lui racontaient.

Je restai là de longues minutes, statique, accoudée à la balustrade de la passerelle, à scruter ses faits et gestes sans trop savoir pourquoi, puis un bruit et des voix qui s'approchaient me délogèrent de ma tour d'observation. Je descendis alors les trois étages sans traîner et me retrouvai face au petit groupe d'enseignants, qui n'avait pas bougé. Je me dirigeai vers eux dans l'idée de leur parler, mais me ravisai au dernier moment. Mon regard venait de croiser les grands yeux noirs de Caliéor. Son sourire s'était évanoui instantanément et son visage s'était d'un coup refermé. J'avais dû l'importuner, ce matin, à tel point qu'elle non plus ne m'avait pas oubliée. Je passai à côté d'elle sans m'arrêter et la saluai d'un bref signe de tête avant de quitter pour de bon le lycée.

À peine sortie, vers midi, le froid me saisit et je me mis à trembler. La pluie avait cessé, mais les nuages qui s'amoncelaient ne laissaient plus espérer une belle journée. Je rentrai mollement, en ressassant sur le trajet cette matinée ratée et en m'interrogeant sur la façon dont je traiterais la suite de mon dossier.

1er février

Je profitai de ce dimanche chômé pour me reposer. Le rythme de travail de ces dernières semaines avait été particulièrement effréné et je me sentais vraiment éprouvée. J'étais toutefois pleinement satisfaite du mois qui s'était écoulé, hormis la journée de la veille, dont je gardais un souvenir mitigé.

Lovée dans mon canapé avec une tasse de thé pour me réchauffer, accompagnée d'un éclair au café, d'un canelé bordelais et de deux mini-financiers au praliné pour assouvir mes envies sucrées, je rêvassais, les jambes confortablement étendues sur le repose-pieds. Soudain, en apercevant sur le coin de la table basse le carnet dans lequel j'avais consigné la veille quelques notes à l'abri des regards indiscrets, je repensai aux trois heures que j'avais passées dans ce lycée. J'essayai de me rappeler les rencontres que j'y avais faites et les visages de tous ces professeurs que j'avais trompés sur mon métier. Étrangement, ce fut celui de cette enseignante, cette Caliéor en tailleur chic et chemisier à fleurs, qui m'apparut en premier. Inexplicablement, avec son air froissé et déstabilisé, elle m'avait touchée et je ne pouvais m'empêcher de penser que si j'avais pris le temps de lui dire la vérité, elle aurait peut-être été moins embarrassée.

Lentement, je commençais à songer qu'il faudrait que je me rende à nouveau dans ce lycée, en me présentant cette fois-ci sous ma véritable identité. Je ne voulais pas rester sur un mensonge et je n'avais de toute manière pas suffisamment d'éléments dans mon dossier pour rédiger une synthèse structurée. C'était donc décidé. Le lendemain, j'y retournerais.

Chapitre 4

2 février

Arrivée au bureau dès la première heure, j'entamai cette nouvelle semaine par un appel au proviseur du lycée. Je souhaitais qu'il me reçoive dans la journée, mais rien n'était gagné. Il m'expliqua, entre les grésillements horripilants du téléphone, qu'il était déjà chargé de réunions et qu'il n'avait pas de temps à m'accorder, mais j'insistai en avançant l'argument de la mise en avant de l'établissement dans la presse spécialisée, et il finit par céder en me fixant une entrevue à l'heure de la pause déjeuner.

Il était huit heures trente et je n'avais rendez-vous qu'à midi. Pour patienter, je m'occupai en accomplissant distraitement les tâches administratives que j'avais reportées depuis des semaines et qui s'étaient accumulées inévitablement jour après jour. C'était si fastidieux que pour me couper de cette monotonie, je décidai de prendre quelques minutes pour aller me préparer un café dans la salle de repos, où je tombai inopinément sur Sonia, que je n'avais pas croisée depuis le mois dernier.

— Ça fait longtemps! s'exclama-t-elle en me voyant.

— Oui, en effet! Depuis début janvier, j'ai passé plus de temps à œuvrer à l'extérieur que derrière mon bureau et ce n'est vraiment pas déplaisant, lui dis-je, toute guillerette.

— Où en es-tu de ton dossier d'enquêtes? me demanda-t-elle sans détour, presque inquiète.

— Le travail est bouclé pour sept des dix établissements, j'en ai tiré des choses très intéressantes et je bosse actuellement sur le huitième, mais celui-ci me donne plus de fil à retordre, lui avouai-je ouvertement.

— En quoi est-ce plus difficile? s'enquit-elle, étonnée.

Je lui racontai alors l'idée que j'avais eue de m'inviter aux portes ouvertes du lycée, les histoires que j'avais inventées pour ne pas me faire démasquer et je dus reconnaître, les yeux baissés, mes résultats infructueux.

À la suite de mes aveux, Sonia sembla d'abord très irritée, puis complètement révoltée. Ses joues s'étaient empourprées de colère en un éclair, je ne l'avais jamais vue dans un état pareil. J'en étais presque effrayée. Elle me sermonna un long moment en me disant que je n'avais pas réfléchi avant d'agir et m'expliqua que le magazine n'autorisait pas l'obtention d'informations de cette façon-là. Elle me rappela qu'elle m'avait fait confiance en me déléguant cette mission et elle déplora la position délicate dans laquelle je l'avais mise. Puis elle coupa court à la discussion et me somma de réparer les dégâts.

Il me restait une heure avant mon rendez-vous au lycée. Je me mis subitement à appréhender parce que je savais maintenant que je devais non seulement assumer mes erreurs, mais aussi assurer.

Onze heures cinquante

J'arrivai avec un peu d'avance au lycée et me présentai devant le bureau du proviseur. Fermé. Je n'avais plus qu'à patienter sur l'un de ces gros fauteuils en velours élimé qui habillaient le grand couloir, où régnait une atmosphère printanière malgré l'hiver qui sévissait dehors. Sur les murs étaient peintes à la main de grandes fresques de fleurs où tournesols, bleuets et boutons-d'or donnaient un petit air champêtre à ce lieu habituellement si ordinaire. Quelque part, ces peintures incitaient à la méditation et j'étais en pleine relaxation quand le chef d'établissement apparut à l'autre bout du couloir, dans un costume noir froissé trop serré. Il marcha lentement vers moi, adoptant l'attitude d'un homme lassé et désabusé, et me salua, le regard fuyant, d'une poignée de main qui manquait sérieusement de fermeté.

— Suivez-moi, je vais vous faire visiter, débita-t-il sur un ton expéditif sans même prendre la peine de me demander si c'était ce que je souhaitais.

— Bien, lui répondis-je simplement.

N'osant refuser de crainte de l'indisposer, je me pliai sans rien dire à sa volonté et lui emboîtai le pas. Ce n'est jamais que la troisième fois que je vais faire le tour de ce lycée, je vais finir par en connaître tous les recoins, pensai-je, dépitée.

— Vous verrez, notre établissement est moderne, les salles de cours sont bien équipées et l'enseignement est de qualité, me dit-il en pesant ses mots, comme s'il cherchait à me persuader ou à me vendre une affaire.

Après m'avoir énuméré les avantages des tablettes pédagogiques tout juste commandées et m'avoir montré avec fierté la flotte d'ordinateurs neufs récemment installés, il me fit entrer dans trois salles de cours vides qui semblaient trop bien ordonnées pour être utilisées. Les tables étaient plus alignées que les militaires au défilé du 14 Juillet, le tableau blanc brillait, le sol était lustré et l'air sentait les produits ménagers. Je compris alors qu'en une matinée, on avait eu le temps de préparer mon arrivée. L'image des journalistes dont il faut se méfier, qu'il faut tenir éloignés ou que l'on doit duper de peur d'être critiqué avait probablement dû effrayer le chef d'établissement, visiblement soucieux de protéger la réputation de son lycée.

Au pas de course, en jetant de brefs coups d'œil réguliers à sa montre comme si quelqu'un l'attendait, il me montra également l'infirmerie, le gymnase, la salle de réunion et le CDI, qui avaient peu d'intérêt pour mon dossier. Puis il s'arrêta net au beau milieu de l'escalier que nous descendions pour regagner son bureau au rez-de-chaussée. C'est, du moins, là que je pensais qu'il m'amenait.

Soudain, il me dit :

— Rendons-nous maintenant au restaurant d'application, vous vous joindrez à nous pour le déjeuner. Vous pourrez ainsi observer nos élèves en action, aussi bien au service en salle qu'en cuisine.

— Je ne m'attendais pas du tout à cette invitation, c'est très aimable à vous, lui répondis-je poliment une fois la surprise passée.

Tout en nous dirigeant vers le restaurant, je me demandai si son attention n'avait pas pour seul but de s'attirer mes bonnes grâces ou de me cacher quelque chose, et je me dis qu'il me faudrait aiguiser mon sens de l'écoute et de l'observation tout au long de ce déjeuner.

Arrivés devant l'entrée des cuisines, nous fîmes une pause pour regarder le petit groupe d'élèves disciplinés, tout de blanc vêtus, qui s'affairaient derrière les fourneaux.

— Admirez déjà la précision de leurs gestes, sentez la pression du travail bien fait et humez le fumet délicat du poisson que nous dégusterons tout à l'heure, me dit le proviseur presque avec philosophie, les bras croisés sur son torse.

— Je trouve ces jeunes dynamiques et épanouis, je me réjouis de goûter leur cuisine, lui répondis-je, en bonne diplomate.

Il hâta le pas.

— Poursuivons, le restaurant pédagogique est juste au bout du couloir, on nous y attend.

Quelques mètres plus loin, un élève nous accueillit et nous délesta de nos manteaux, qu'il rangea avec un soin infini dans le petit vestiaire aménagé du restaurant. La salle était comble, les conversations des clients allaient bon train et l'on pouvait sentir l'agitation et la tension des élèves qui se formaient au métier de serveur.

— Avant de nous attabler, je vais vous présenter le professeur qui supervise le service de ce midi. Si vous avez des questions techniques, vous pourrez vous adresser à elle. Madame Hurrat a rejoint nos équipes il y a deux ans, son travail auprès des élèves est très apprécié, affirma le proviseur.

Malheureusement, ce que je craignais était sur le point de se produire. Croiser un enseignant à qui j'avais parlé avant-hier sous ma fausse identité était quasiment inévitable et je n'eus même pas le temps de réfléchir à une explication plausible à donner que Caliéor Hurrat était déjà devant moi.

— Voici Sarah Börje-Illuy, journaliste pour Edu'Mag, qui vient s'informer sur nos formations en hôtellerie-restauration, expliqua le proviseur à la jeune enseignante.

À cet instant précis, je ne savais qui d'elle ou moi était la plus embarrassée. J'avais compris à son regard qui me fixait qu'elle se souvenait parfaitement de moi et qu'elle venait de réaliser que j'avais triché sur mon identité. Mais fort heureusement, elle eut la délicatesse de n'en dire mot devant le chef d'établissement.

— Vous voilà entre de bonnes mains. Par conséquent, permettez que je vous abandonne un moment, le temps pour moi de saluer une connaissance parmi les clients et je reviens vers vous juste après, déclara ce dernier, qui s'éclipsa aussitôt en me laissant désespérément seule face à l'enseignante.

Pimpante dans un pantalon de tailleur anthracite qui lui seyait vraiment très bien, elle avait troqué son chemisier à fleurs de samedi matin contre un petit haut blanc en dentelle très élégant, surmonté d'un boléro noir à manches courtes qui lui donnait un côté chic et distingué. Ses longs cheveux bruns étaient relevés en un chignon sophistiqué qui laissait échapper quelques mèches bouclées et dégageait sa nuque délicate. Son visage fin était mis en valeur par deux petites perles d'oreilles aux reflets nacrés et par un maquillage discret qui sublimait ses jolies taches de rousseur. Aujourd'hui, étrangement, sa beauté m'intimidait et je ne comprenais pas pourquoi, à son contact, je me sentais comme anesthésiée. Je voulais lui parler, lui expliquer, m'excuser, mais pas un son ne sortait de mes lèvres, qui restaient scellées, et je demeurais là, bêtement, à la regarder. C'est donc elle qui rompit le silence qui avait suivi le départ du proviseur.

— Je croyais que vous étiez venue vous renseigner pour votre jeune frère qui rêve d'être pâtissier, me dit-elle d'une voix empreinte d'un léger reproche.

Elle avait bonne mémoire, car c'était en effet le prétexte que j'avais avancé le samedi pour justifier ma présence aux portes ouvertes du lycée.

— Je débute dans le journalisme, mais j'ai conscience que l'image que les gens se font de ce métier est souvent erronée, je voulais juste éviter un retour négatif à ma demande d'interview. Je ne pensais pas à mal, je suis vraiment désolée, lui répondis-je en prenant un air repenti, sans toutefois lui préciser que j'avais également espéré obtenir davantage d'informations en dissimulant ma profession.

— Ici, on fait toujours un bon accueil aux journalistes, pourvu que leurs questions restent d'ordre général et professionnel, répliqua-t-elle sur un ton qui sonnait comme un avertissement.

Je la rassurai immédiatement.

— Vous savez, l'autre jour, je ne cherchais pas à me mêler de votre vie privée, je voulais simplement savoir si vous vous sentiez bien dans ce lycée.

— Travailler ici me plaît, je me suis vite adaptée, lâcha-t-elle brièvement. Maintenant, veuillez m'excuser, je dois retourner auprès de mes élèves, mais avant, je vais vous conduire à votre table, le proviseur vous y rejoindra dans quelques instants, ajouta-t-elle en bafouillant légèrement.

Je la suivis donc jusqu'à une petite table qui portait un carton doré sur lequel était indiquée la mention «Réservé à la direction». Trois couverts y étaient joliment dressés, j'échapperais finalement à un tête-à-tête quelque peu redouté.

— Savez-vous qui est le troisième convive ? demandai-je à l'enseignante tout en m'asseyant.

— Le proviseur adjoint, qui devrait arriver d'une minute à l'autre. Vous verrez, c'est un homme cultivé et passionné par son métier.

— Très bien, je vous remercie. Il me tarde de faire sa connaissance.

— Je vous en prie. Pour vous faire patienter, je vous remets le détail du menu qui va vous être servi, me dit-elle en me tendant un feuillet assorti aux broderies rouges de la nappe.

Puis elle me souhaita un bon appétit et tourna les talons.

Avant de me plonger dans la lecture du menu qu'elle m'avait donné, je l'observai travailler du coin de l'œil, notant la délicatesse de ses gestes et l'harmonie de sa silhouette. Derrière une apparence affirmée se cachaient en réalité une timidité et une sensibilité non assumées et de sa démarche ferme et assurée se dégageait une vraie sensualité que je me surpris à apprécier.

— Enchanté, lança une voix grave et puissante qui me coupa dans mes réflexions.

Un homme à l'embonpoint naissant, la quarantaine marquée par des cheveux clairsemés et un large front plissé, avait surgi des vestiaires et se tenait maintenant devant moi, le visage souriant et le regard vif.

— Ravi de vous rencontrer, poursuivit-il d'un ton enjoué. Je suis heureux que la presse porte un intérêt à notre lycée, d'autant qu'Edu'Mag est une référence dans le domaine de l'éducation, je me réjouis donc de notre collaboration !

Il prit place à côté de moi, déplia sans attendre sa serviette qu'il posa machinalement sur ses genoux, comme s'il était pressé de commencer le déjeuner, puis, de la même façon qu'on hèle un garçon de café, intercepta un élève qui servait la table d'à côté et lui intima de nous apporter l'apéritif, sans se préoccuper du proviseur, toujours en conversation avec le client de la première table passée l'entrée.

— Ce vin blanc est une merveille, vous m'en direz des nouvelles ! s'exclama-t-il joyeusement.

Après des amuse-bouches très raffinés et ce petit verre que j'eus du mal à terminer tant l'alcool m'avait toujours provoqué des nausées, un velouté de pois gourmands nous fut servi dans une assiette en faïence de Moustiers qui jurait quelque peu avec la décoration moderne et épurée du lieu. Suivit un bar en papillote et sa sauce au muscadet que j'étais en train de commenter lorsque le proviseur nous rejoignit enfin.

— J'ai été un peu long, j'avais des choses à régler, me dit-il comme pour se dédouaner.

— Le poisson est vraiment excellent, vous auriez eu tort de le rater, lui répondis-je en plaisantant, pensant qu'il me reparlerait du fumet délicat dont il avait eu l'air de se délecter dans les cuisines du restaurant.

Mais il ne rebondit pas. L'ambiance était soudainement devenue plus tendue, voire électrique. Le proviseur adjoint avait cessé le récit – fort intéressant mais malheureusement d'aucune utilité pour mon dossier – de ses séjours culinaires aux quatre coins de la planète, le proviseur s'était assis sans le moindre regard pour son bras droit et je sentais entre les deux hommes une certaine animosité.

Par-dessus les épaules du chef d'établissement, j'apercevais Caliéor Hurrat qui jetait des coups d'œil inquiets à notre tablée et je voyais les élèves s'agiter un peu plus autour de nous, comme s'ils ressentaient le malaise qui venait de s'instaurer. La fin du déjeuner fut gâchée par des silences lourds et il me fut difficile d'apprécier la mousse au citron qui, pourtant, faisait partie de mes desserts préférés.

Après avoir remercié les deux hommes pour cette invitation inattendue et avoir échangé quelques mots avec les élèves qui pliaient les nappes, je demandai à parler en aparté à leur enseignante, qui ne s'était pas approchée de la table depuis qu'elle m'y avait laissée seule. Elle avait supervisé le service de loin, en dispensant ordres et conseils depuis le petit bar du restaurant.

— J'avais hâte d'en finir avec ce déjeuner ! Il y régnait une atmosphère glaciale, lui dis-je sans lui demander si elle avait du temps à m'accorder. Est-ce ainsi chaque fois que le proviseur s'attable ici ? Est-ce pour cela que vous vous êtes tenue à l'écart ? la questionnai-je sans ménagement.

À sa mine totalement déconfite et aux plaques rouges qui étaient subitement apparues sur son cou et son décolleté, je sus que j'avais vu juste. Elle avait la peau si claire que la plus petite des émotions la trahissait. Ses efforts pour cacher de sa main ce rougissement cutané étaient parfaitement vains, mais la rendaient terriblement attachante.

De manière inexpliquée, j'étais attirée par cet excès de sensibilité et l'espace d'une seconde, j'eus une envie irrépressible de la serrer dans mes bras pour l'apaiser et toutes les peines du monde à me réfréner. Je me sentis alors brutalement saisie d'une fièvre brûlante et paralysante qui traversa tout mon corps. Mes forces m'abandonnèrent et je fus près de tomber. Par réflexe, j'attrapai rapidement un des petits tabourets du bar, qui s'était vidé, sur lequel l'enseignante m'aida à m'asseoir en me tenant fermement. Lorsque ses mains entourèrent mon bras, mon cœur s'emballa, ma respiration s'accéléra et le sang me monta si fort à la tête que j'éprouvai toutes les difficultés à m'exprimer.

— J'ai bien peur d'avoir été punie pour ma curiosité et mon indélicatesse, à moins que ce ne soit le vin de midi…, bredouillai-je, à demi consciente.

Elle me fixa de ses grands yeux.

— Vous devriez rentrer vous reposer.

J'acquiesçai et me levai fébrilement, encore étourdie par ce malaise aussi soudain que violent.

— Vous avez sûrement raison.

Je pris ainsi congé de la jolie trentenaire sans tarder, téléphonai au travail pour signaler que je m'absenterais le reste de la journée et rentrai chez moi, complètement sonnée.

Jusque là, hormis des débuts difficiles au magazine qui m'avaient conduite à des mois de déprime, j'avais toujours été en bonne santé, je ne m'expliquais donc pas ce malaise. Moi, l'inébranlable Sarah, d'habitude si coriace et si vive, je venais de flancher. Mon organisme tout entier m'avait lâchée, d'un coup, sans crier gare et je me retrouvais allongée en travers du lit, amorphe, bras et jambes en croix, à me demander comment et pourquoi. Pourquoi avais-je failli, pourquoi à ce moment-là ?

Je passai deux bonnes heures à me retourner le cerveau, puis, épuisée par la réflexion, je sombrai dans un sommeil agité, entrecoupé de micro-réveils, tiraillée entre rêves et cauchemars. Je finis par m'éveiller en milieu de soirée, tandis que la nuit était tombée et qu'une lune brillante presque pleine éclairait le ciel d'hiver étoilé. De ma fenêtre, emmitouflée dans un pull en alpaga rapporté de mon dernier voyage au pays des Incas, je pris le temps de l'observer, notant la splendeur de ses cratères qui, de loin, me faisaient penser à de petites taches de rousseur. Les mêmes que celles qui parsemaient le visage de ce professeur. Je réalisai alors que ces dernières heures, Caliéor Hurrat avait beaucoup occupé mes pensées. J'étais presque sûre qu'un peu plus tôt, c'était elle qui avait hanté mon sommeil. Je me revoyais la regarder au restaurant du lycée et apprécier toute la féminité qu'elle dégageait. J'étais en train de me remémorer ce que j'avais ressenti lorsqu'elle m'avait touchée quand, à nouveau, une chaleur interne m'envahit. Des frissons me parcoururent le corps malgré le feu qui montait à mes joues, j'étais tremblante et mon cœur battait à tout rompre.

La dernière fois que j'avais été submergée par de telles sensations, c'était pour un beau brun basané, un vacancier avec qui j'avais flirté le temps d'un été au Cap-Ferret. Je commençai alors à douter. Non, il était impossible que j'éprouve quoi que ce soit pour une femme. Je ne pouvais pas, je ne voulais pas, il ne fallait pas. Terrifiée à cette idée, je me recouchai et m'enfouis la tête sous l'oreiller, comme pour oublier. Je tentai désespérément de chasser de mon esprit l'image de Caliéor Hurrat, mais elle y était solidement arrimée. Je luttai vainement des heures durant pour nier ce que je ressentais. J'avais chaud, j'avais froid, je suais, je grelottais, puis, à bout de force, je me mis à pleurer. Mes larmes coulaient à torrent sans que je puisse les arrêter et me dévoraient le visage, de honte et d'incompréhension. J'étais dévastée.

Chapitre 5

4 *février*

Des bruits sourds me réveillèrent en sursaut. Étendue sur le lit, tout habillée, les souvenirs brouillés, il me fallut plusieurs minutes avant de réaliser que l'on tambourinait à ma porte.

— Sarah, si tu es là, ouvre-moi !

C'était la voix de Sonia. Que faisait-elle devant chez moi ?

— Sarah, on se fait du souci, est-ce que tout va bien ? entendis-je entre les coups qu'elle donnait.

— J'arrive ! hurlai-je depuis ma chambre.

La descente du lit fut plus difficile et douloureuse qu'une sortie d'hibernation, mes membres étaient engourdis, mon estomac criait famine et j'avais les yeux secs et le cerveau embué. Le jour perçait à travers les volets fermés, j'entendais dans la pénombre le tic-tac de la grosse horloge qui remplaçait depuis une semaine mon réveil cassé, mais je n'avais aucune idée de l'heure qu'il était.

Chancelante, je me dirigeai lentement vers la porte d'entrée. Quand je l'ouvris, je fus d'abord aveuglée par le soleil froid qui brillait, puis je vis Sonia, qui affichait un air inquiet.

— Tu m'as fait peur, j'ai cru qu'il t'était arrivé quelque chose. Tu aurais pu répondre aux messages que je t'ai laissés !

Je la rassurai.

— Désolée, mon téléphone est éteint, mais tu vois, tout va bien. Je ne comprends pas pourquoi tu t'es affolée si vite, j'ai prévenu hier que je ne retournerais pas au bureau l'après-midi à cause du malaise que j'ai fait au lycée juste après le déjeuner.

— Non, ça, c'était avant-hier ! Hier, tu n'as pas donné de nouvelles de la journée et personne n'a réussi à te joindre. Ce matin non plus. On commençait tous à s'inquiéter, le patron m'a priée de passer à midi pour m'assurer qu'il ne t'était rien arrivé.

— Mais quel jour sommes-nous ? lui demandai-je, désorientée.

— Mercredi. Tu t'es rendue au lycée lundi midi.

Trente-six heures. J'avais passé trente-six heures à dormir et je n'en avais pas le moindre souvenir. Seuls mes vêtements froissés et les marques de l'oreiller sur mon visage encore gonflé pouvaient en témoigner.

Toujours sur le pas de la porte, Sonia me regardait, attendant de ma part une réaction ou une explication, mais je restais là, l'air hébété, frigorifiée par le vent frais qui soufflait.

— Que s'est-il passé ? s'enquit-elle.

Je fouillai dans ma mémoire et tout me revint alors, aussi violemment qu'un boomerang lancé à pleine allure et pris dans la figure. Caliéor, mon malaise, ses raisons, les heures de réflexion et de remise en question, tout refaisait surface et je le vivais comme une double torture.

— Excuse-moi, je n'ai pas envie d'en parler. Je dois te laisser, lui dis-je brusquement en claquant la porte.

Mais à peine celle-ci refermée, je m'en voulais déjà de m'être mal comportée avec Sonia. Elle qui n'avait toujours cherché qu'à m'aider, elle ne méritait pas que je la congédie de manière aussi impolie. Mais il était trop tard, elle était partie et ma priorité, pour l'heure, c'était de contacter le magazine pour les prévenir de mon absence prolongée. Je ne me sentais pas le courage de retourner travailler dès l'après-midi. J'avais besoin de reprendre mes esprits et de récupérer, malgré les trente-six heures que j'avais passées à dormir.

5 février

Après un petit déjeuner complet rapidement avalé, je m'apprêtai mollement et pris le chemin du bureau. Je savais que j'y retrouverais Sonia et rien que d'imaginer que je pouvais l'avoir offensée et qu'elle m'en tenait peut-être rigueur m'angoissait.

Je choisis alors de ne pas attendre de la croiser et d'aller directement m'excuser. Je la trouvai, comme chaque matin avant que ne commence la journée, en pleine préparation du café.

— Sonia, je suis vraiment navrée, je n'avais pas l'intention de te claquer la porte au nez, mais tu me connais, quand je ne veux pas parler… lui dis-je sur un ton plein de remords.

— Ne t'en fais pas, c'est oublié. La prochaine fois, pense quand même à laisser ton téléphone allumé, tu nous éviteras à tous une belle frayeur !

— Il n'y aura pas de prochaine fois, je vais me ressaisir, certifiai-je.

— Très bien. Dans ce cas, on se voit au déjeuner, me répondit-elle de son sourire habituel.

J'étais soulagée – elle ne s'était pas montrée rancunière et n'avait pas cherché à m'interroger –, mais je n'étais pas complètement sereine pour autant. Je lui avais promis de me reprendre alors que j'ignorais totalement comment gérer les récents événements. J'avais encore passé la nuit à pleurer, l'image de Caliéor n'avait pas cessé de me tourmenter. Je sentais d'ailleurs au fond de moi que le jour où elle ne me poursuivrait plus n'était pas près d'arriver. Elle tournait en boucle dans ma tête, comme un long film sans fin. Derrière mon bureau, une masse de travail m'attendait, mais je peinais à me concentrer et je ne pouvais pas m'empêcher de ressasser. Cette femme, que je ne connaissais pas six jours auparavant, avait tout fait basculer. Ce 31 janvier et ce 2 février n'auraient jamais dû exister. Si je le pouvais, je les effacerais du calendrier.

— Sarah, tu m'écoutes ? entendis-je soudainement à côté de moi.

C'était Sonia, que je n'avais pas vue entrer et qui venait de me tirer de mes pensées.

— Ai-je ton attention ? reprit-elle, me voyant surprise par sa présence.

— Oui, oui, je suis tout ouïe !

— Parfait. Je viens d'avoir au téléphone le proviseur du lycée hôtelier. Il avait égaré ton numéro et ne se souvenait plus de ton nom. L'accueil m'a transféré l'appel en pensant que c'était moi qui travaillais sur le dossier, je ne les avais pas avertis que j'avais délégué. Je ne t'ai pas redirigé l'appel, je voulais d'abord savoir pourquoi il téléphonait.

Un peu craintive, je lui demandai :

— Que t'a-t-il dit ?

— Il a commencé par prendre de tes nouvelles, puis a proposé que tu suives un lycéen pendant vingt-quatre heures pour te faire une idée de la journée type d'un élève en hôtellerie-restauration. Il s'est montré charmant. Je crois que tu devrais accepter, ça pourrait t'aider à étoffer ton dossier. Qu'en dis-tu ?

— Je ne sais pas trop, je ne vois pas ce que je pourrais y apprendre de plus, lui répondis-je sur un ton que je voulais détaché, mais ma mine renfrognée et mes sourcils froncés marquaient très nettement ma désapprobation.

— Fais un effort, pour une fois que quelqu'un collabore de bon gré avec la presse et nous ouvre ses portes…

— Il ne le fait pas pour nous faire plaisir, mais uniquement pour son image et celle de son établissement, rétorquai-je sèchement. Il n'attire aucune sympathie et je n'ai vraiment pas envie de retourner là-bas.

— Sarah, ne m'oblige pas à te l'imposer. Décidément, je ne comprends pas ce qui t'arrive en ce moment. Tu es d'humeur très changeante et on ne sait plus par quel bout te prendre. Fais attention, ça pourrait finir par te coûter ta place, me dit-elle sur un ton cinglant et menaçant que je ne lui connaissais pas.

Je n'avais donc pas le choix. J'étais vouée à passer encore une journée dans ce lycée, au milieu d'adolescents en quête d'avenir qui me rappelleraient mes seize ans et mes propres rêves de réussite.

Les études, les examens, tout cela me semblait déjà loin. J'avais fait du chemin depuis ce temps, j'étais heureuse de ce que j'étais devenue et fière d'avoir avancé seule, sans aide extérieure et avec des parents souvent absents. Mais j'avais néanmoins le sentiment qu'il me manquait quelque chose, un petit je-ne-sais-quoi qui m'empêchait d'être pleinement épanouie et je percevais à présent très distinctement la nuance entre réussir sa vie et réussir dans la vie.

Professionnellement, à quelques détails près et sans tenir compte de mon début de carrière quelque peu chaotique, j'avais aujourd'hui exactement ce que je désirais, mais sentimentalement, un vide s'était créé depuis quelques années. Les trois grandes histoires dans lesquelles je m'étais engagée avaient fini par avorter. Marc était parti sans explications le jour de nos trois ans de relation et je ne l'avais pas pleuré. Vincent ne m'avait pas retenue quand j'avais émis le souhait de reprendre ma liberté après onze mois d'amour purement spirituel. Guillaume avait finalement choisi de s'installer définitivement en Afrique du Sud, où il ne devait initialement séjourner que durant les six mois que durait sa mission humanitaire. Loin des yeux, j'avais fini par l'oublier, sans regret. Quant aux maigres amourettes que j'avais depuis ici et là, elles ne me nourrissaient pas assez. J'avais faim d'amour et les hommes à eux seuls ne parvenaient plus à me combler.

Peu à peu, je commençais à saisir pourquoi une femme – en l'occurrence la douce et jolie Caliéor – avait pu m'attirer. Inconsciemment, elle était la nouveauté que j'attendais pour colmater ce manque qui me corrodait l'âme et permettrait à la globe-trotteuse que j'étais de vivre une aventure haletante et mystérieuse qui me sortirait enfin de la spirale épuisante des échecs amoureux. Je ne la considérais pas comme une expérience de plus ni comme une cible à faire figurer sur un tableau de chasse, je tentais plutôt, à travers une autre voie et sans vouloir encore l'admettre, de me donner une seconde chance de trouver cet amour complet et véritable que l'on passe parfois toute sa vie à chercher. De loin, ce terrain-là m'avait toujours paru sinueux et tumultueux, mais la rencontre avec Caliéor et les bouleversements intérieurs qui en avaient découlé me contraignaient à revoir tous mes principes et mes a priori. La tâche était ardue tant la société m'avait conditionnée et, bien que n'étant pas fermée d'esprit, il m'était difficile de revenir sur un point de vue arrêté et il était impensable pour l'instant de passer peut-être un jour «de l'autre côté». J'étais effrayée au point de rejeter une évidence qui ne laissait pourtant plus aucune place au doute et préférais inventer maintes explications qui justifieraient mon attirance pour cette femme. Calme et sensible, elle ressemblait à la grande sœur dont j'avais toujours rêvé ou à la meilleure amie que je n'avais jamais eue. Un brin réservée et de nature méfiante, elle était aussi mon double parfait et je me disais que ses yeux n'étaient en réalité que le miroir de toutes mes émotions. J'étais elle et elle était moi, je me persuadais que je n'avais donc été attirée que par mon propre reflet.

Chapitre 6

22 février

Mon emploi du temps chargé et les deux semaines de vacances scolaires m'avaient permis de reporter à cette fin de mois l'offre du proviseur du lycée.

En ce lundi de reprise, j'étais postée devant le petit portillon de l'établissement, attendant patiemment que l'on réponde à l'interphone, qui sonnait dans le vide.

Il était tout juste sept heures trente, j'avais pris un peu d'avance de peur, telle une écolière un jour de rentrée, de rater le début des cours. Il faisait encore nuit et seule une poignée d'élèves animait les abords du lycée. Regroupés en cercle autour de l'unique lampadaire qui éclairait l'entrée extérieure de l'établissement, ils fumaient leur première cigarette de la journée et racontaient tour à tour leurs quinze jours de congé. De mon côté, pour m'occuper, je réorganisai le petit sac à main que mon frère m'avait offert à mon dernier anniversaire et m'arrangeai les cheveux que le vent avait décoiffés tout en savourant le silence relatif des lieux avant l'arrivée imminente des cinq cents adolescents qui s'engouffreraient dans le bâtiment dans un brouhaha déstabilisant.

Tandis que je m'apprêtais à jeter un coup d'œil à mon téléphone, que j'avais oublié de recharger, une petite voiture gris cendré passa en trombe devant moi pour se garer, tous feux éteints malgré le jour qui n'était pas levé, sur le grand parking non éclairé qui jouxtait le lycée. J'entendis d'abord une portière s'ouvrir et se refermer, puis une deuxième, suivie du bruit caractéristique d'un objet lourd qu'on laisse malencontreusement tomber. Dans l'obscurité presque totale du parking, on devina alors une silhouette s'avancer prudemment vers les grilles du lycée. Enveloppée par la brume matinale qui commençait à se dissiper, elle traînait derrière elle, sur les pavés luisants de rosée, une masse dont le bruit du déplacement rappelait de loin celui d'un chariot de courses que l'on fait rouler sur l'asphalte du parking d'un supermarché. Quand elle arriva enfin à hauteur du lampadaire, sous la lumière orangée de l'ampoule qui clignotait, je la reconnus immédiatement. Caliéor approchait, transie de froid dans un manteau à peine plus épais qu'une veste d'été, tirant d'une main une petite valise à roulettes qui bringuebalait. Sur la cinquantaine de professeurs que comptait ce lycée, il avait fallu que ce soit elle qui arrive en premier. Vraisemblablement, le sort avait décidé de s'acharner, d'autant qu'elle se dirigeait tout droit vers le portillon devant lequel je patientais.

— Je crois qu'on se connaît, me dit-elle entre deux claquements de dents.

Elle sortit de sa poche gauche un gros trousseau de clés.

— En effet, lui répondis-je dans une tentative vaine de sourire.

J'étais tout aussi engourdie que la dernière fois que je lui avais parlé, à la différence près qu'aujourd'hui, je connaissais la raison de cet état de pétrification. Mes joues s'étaient embrasées et le froid ne faisait qu'accentuer ce feu ardent que ma gêne et mes sentiments avaient créé. Ma gorge s'était serrée et mon cœur courait maintenant le cent mètres sans trop savoir ce qu'il gagnerait à l'arrivée. Mon regard ne parvenait pas à se détacher d'elle et je craignais qu'en le plongeant dans ses yeux, elle puisse y lire tout ce que je ressentais pour elle.

Avec sa valise bleu marine et son foulard en soie violine délicatement noué autour du cou, elle avait tous les traits de la parfaite hôtesse de l'air et je la trouvais terriblement attirante. Le vent, qui faisait onduler ses longs cheveux bruns, m'appelait à les caresser et lui donnait des airs de sirène qui m'envoûtaient l'âme et me séduisaient comme jamais.

— Votre article est donc si long à écrire ? me demanda-t-elle tout de go.

— Pas tant que ça, mais il est important de prendre le temps de bien faire les choses, vous ne pensez pas ?

— Oui, peut-être, marmonna-t-elle. Est-ce pour appliquer ce principe que vous passerez toute la journée avec nous ?

— En réalité, c'est votre chef d'établissement qui me l'a proposé. Je vois qu'il vous a informée de ma venue.

— Oui, il m'a mise au courant parce que je suis concernée. Vous allez suivre l'emploi du temps de l'une de mes classes, vous assisterez donc à mon cours de quatorze heures à dix-sept heures, il s'agit d'une séance de travaux pratiques.

Je ne savais, à cet instant précis, si je devais me réjouir ou appréhender les trois heures que j'aurais à passer à ses côtés. Mon cerveau, perturbé par la proximité de nos deux corps frigorifiés, me renvoyait indubitablement une définition des travaux pratiques très différente de la sienne.

— Vous entrez avec moi ou vous préférez attendre ici que le froid ne vous achève ? me dit-elle en ouvrant le portillon avec son *pass*, visiblement pressée de rejoindre l'intérieur des bâtiments.

Je n'hésitai pas.

— Je vous suis !

— Très bien, je vais vous conduire à la salle des professeurs, où vous pourrez patienter. Le proviseur ne va pas tarder à arriver, il vous expliquera en détail le déroulé de la journée, précisa-t-elle sans me regarder, affairée à manier avec délicatesse sa petite valise à roulettes.

— Merci, lui dis-je simplement en lui emboîtant le pas dans la petite cour qui menait au hall d'entrée.

Maintenant derrière elle, j'avais le loisir de l'observer sans être embarrassée et pouvais sentir son parfum aux notes chaudes et sucrées dont les effluves pénétrants et voluptueux se répandaient dans un sillage qui m'enivrait. De dos, elle affichait une taille marquée à travers son manteau cintré, et sa chevelure bouclée qui flottait au vent découvrait de grandes créoles dorées qui remplaçaient les petites perles nacrées qu'elle portait début février et qui lui donnaient un style bohème chic ultra-féminin.

— J'espère que vous ne serez pas trop dépaysée, vous allez plonger dans une tout autre ambiance que celle de votre bureau. Bienvenue dans la cage aux fauves !

À présent, vous ne pouvez plus reculer ! plaisanta-t-elle en me tenant la porte coupe-feu du rez-de-chaussée.

— J'ai tout de même eu un aperçu il y a trois semaines lors du déjeuner avec votre chef d'établissement et son adjoint, lui rappelai-je. Mais si j'avais su, j'aurais apporté un casque et un bouclier, ajoutai-je en riant.

— Vous allez vite constater qu'en dehors du restaurant pédagogique, les cours sont bien différents. Travailler ici n'est pas de tout repos, crut-elle bon de m'avertir à nouveau.

Je pris un air malicieux.

— Je n'ai donc plus qu'à me jeter à l'eau ! J'espère être encore assez en forme à quatorze heures pour écouter attentivement votre cours !

Elle sourit et nous entrâmes simultanément dans la salle des professeurs, déserte malgré les huit heures qui allaient bientôt sonner.

— Bien. Je vous laisse. Bon courage et à cet après-midi, me lança-t-elle d'un ton expéditif.

Je n'eus pas le temps de lui répondre, elle avait déjà tourné les talons. De toute évidence, elle s'était efforcée jusque-là de paraître avenante, mais il ne fallait pas lui en demander davantage.

Je me retrouvai donc seule dans cette grande pièce vide, sans trop savoir quoi y faire d'autre qu'attendre sagement qu'on vienne m'y chercher. Après avoir jeté un œil par les fenêtres couvertes de buée dans l'espoir d'y apercevoir une quelconque forme d'agitation, mon regard fut attiré par un fauteuil cabriolet d'un joli rose poudré sur lequel je décidai de me poser.

Au bout d'un quart d'heure de calme rassérénant, je découvris avec étonnement l'effervescence d'un jour de reprise scolaire. D'un seul coup, la salle s'anima d'un ballet incessant d'enseignants, les uns sereins et prêts à repartir pour six semaines de cours trépidantes, les autres empressés et exaspérés par les embouteillages créés par un photocopieur récalcitrant.

Au milieu de tout ce monde qui ne me prêtait aucune attention, assise en retrait et bien calée dans le dossier incurvé de mon fauteuil capitonné, je me sentais totalement transparente et inutile. Dehors s'élevaient des cris d'élèves survoltés qui laissaient augurer une matinée bien plus mouvementée que je ne l'avais imaginé. Adepte du silence, je me sentis défaillir rien qu'à l'idée de devoir supporter toute une journée le bruit d'une classe de trente adolescents à l'énergie décuplée par deux semaines de congés.

Petit à petit, les nuisances extérieures assaillirent l'intérieur pour contaminer couloirs et étages, la salle des professeurs se vida et je me retrouvai à nouveau seule, me demandant si l'on ne m'avait pas oubliée. Ce n'est qu'une fois ce remue-ménage terminé que le proviseur daigna venir me saluer et m'accompagna dans une salle du premier étage pour me présenter à la classe de seconde avec qui je passerais les huit heures de cours de cet avant-dernier lundi de février.

— Qu'est-ce qu'elle fait ici ? questionna un grand blond du deuxième rang qui n'avait pas écouté les présentations.

— Elle vient nous espionner, osa lui répondre un élève à l'allure de petit caïd et aux yeux rougis par l'excès de cannabis.

— Ouais, et elle ne va pas nous lâcher de la journée ! s'insurgea une grande rousse sur un ton méprisant.

— Pourquoi notre classe ? s'interrogea son camarade d'à côté.

— C'est obligé ? demanda une fille au pull taché.

Les élèves s'exprimaient sans une once de retenue et j'écoutais et encaissais les réflexions avec stupeur et difficulté quand un « ça suffit ! » tonitruant stoppa net leur conversation. Le proviseur avait enfin usé de son autorité et la salle était maintenant plongée dans un silence moralisateur qui me réjouissait. Après avoir averti les élèves qu'aucun autre commentaire désobligeant ne serait toléré, le chef d'établissement nous laissa et le professeur chargé de la première heure de cours put ainsi prendre le relais et commencer sa séance dans une ambiance beaucoup plus propice au travail.

Je suivis le cours d'histoire du fond de la classe, assise sur une petite chaise en bois au confort rudimentaire, coincée entre le mur jauni et une table d'écolier taguée de petits mots idiots à l'encre de stylo, derrière deux élèves plus occupés à envoyer discrètement une salve de textos qu'à écouter les découvertes de Christophe Colomb et prendre en note le cours pourtant vivant de cet enseignant.

— Bien, vous pouvez ranger vos affaires, nous en avons fini pour aujourd'hui, dit le professeur après avoir vérifié l'heure.

La sonnerie de fin de cours, aussi stridente et aussi puissante qu'une alarme incendie, retentit dans tout le bâtiment et résonna dans mes oreilles de longues minutes durant. Elle marqua le départ de la cavalerie, qui se dirigea, dans un vacarme assourdissant et ahurissant – des beuglements presque surnaturels et des bruits de chaussures qui claquent sur le sol dur – vers l'étage supérieur, cap sur la salle d'enseignement de l'anglais.

Cette deuxième heure de cours fut un peu plus agitée, les élèves étant bien plus éveillés que de très bon matin. Quant aux deux suivantes, un cours d'arts appliqués et une séance de mathématiques en salle informatique, elles me laissèrent dubitative sur l'efficacité du système d'éducation français et je ne savais si je devais le mentionner dans mon papier. J'en discuterais plus tard avec Sonia. Pour le moment, je comptais profiter de la pause déjeuner enfin arrivée pour m'isoler et me remettre de la fatigue auditive causée par cette joyeuse bande d'adolescents d'apparence décomplexée.

Malheureusement, cette fois-ci, c'est à la cantine du lycée et non au restaurant pédagogique que l'on m'invita à me restaurer, ce qui m'enleva tout espoir d'isolement acoustique. Le déjeuner, bien que rapide, s'avéra pénible et douloureux, les cent cinquante élèves attablés qui vociféraient aggravant mon audition déjà largement saturée.

Il était maintenant treize heures trente, j'avais donc une demi-heure devant moi pour me préparer à affronter le cours de madame Hurrat. C'était trente minutes pour m'habituer à l'appeler par son nom et réserver son prénom à mes pensées les plus intimes. Trente minutes pour masquer mon excitation et trente minutes pour redescendre en tension. Pour cela, je pris le temps de me poser sur un banc, dans la cour de récréation, exposé au vent et au froid vivifiant, mais loin du tumulte des adolescents qui n'avaient pas osé braver les conditions météorologiques et avaient préféré s'agglutiner sous le préau et dans le hall d'entrée. Pour me détendre, j'inspirai profondément l'air frais et l'expirai lentement. Je répétai cet exercice plusieurs fois et lorsque je me sentis plus apaisée, je me levai et rejoignis l'aile gauche du lycée à la recherche du petit laboratoire destiné aux séances de travaux pratiques.

Je mis un moment à le trouver, retranché derrière les cuisines du restaurant, presque perdu entre la réserve alimentaire et le local technique. La porte était close et pas un son ne s'échappait de l'intérieur, mais l'air du couloir, empreint du parfum ambré que j'avais respiré ce matin-là au contact de l'enseignante, trahissait sa présence. Caliéor était là, quelque part, et la savoir si près sans pouvoir la regarder ni lui parler me frustrait. Mon poing fourmillait et je brûlais d'envie de frapper à toutes les portes pour la trouver, mais la sagesse et la pudeur de la jeune femme bien éduquée que j'étais m'en dissuadèrent. Je dus alors patienter, adossée au mur en crépi blanc, priant pour que la jolie professeur sorte de l'une des salles, rêvant de la faire apparaître comme par enchantement. Mais après un coup d'œil désespéré à ma toute nouvelle montre chromée, je ne pus que constater que mon vœu ne serait pas exaucé.

Il était presque quatorze heures et j'entendais déjà le lointain capharnaüm des élèves qui montaient les escaliers. Le cours allait bientôt commencer et je ne voyais toujours pas Caliéor arriver. Les élèves, à qui il n'avait fallu que quelques minutes pour envahir l'étage, ne me laissaient que peu d'espace, engoncés dans leur gros manteau, sac à dos jetés sur une épaule, téléphones dégainés et écouteurs vissés sur les oreilles. Je me demandais comment l'enseignante allait les gérer lorsque je l'aperçus, au bout du couloir, qui tentait de se frayer un chemin au milieu du troupeau d'adolescents qui ne cherchaient même pas à s'écarter. Elle avançait en jouant des coudes et tenait fermement sa petite valise, qui l'encombrait.

Atteindre la porte du laboratoire lui prit un certain temps, ce qui me permit de remarquer qu'elle transportait sur le dessus de sa mallette à roulettes son manteau, qu'elle avait ôté, et que ses cheveux, qu'elle portait détachés plus tôt dans la journée, étaient maintenant relevés en un chignon soigné.

Elle arriva à ma hauteur aussi essoufflée qu'une novice en course à pied, le dos courbé et les joues rosies par l'effort. Son chemisier en mousseline de soie, d'un vert opaline qui sublimait sa silhouette avec légèreté et égayait ce triste mois de février, laissait entrevoir sa poitrine bien galbée qui, mise en valeur par un col en V, se soulevait sous sa respiration accélérée. Tous mes sens en étaient émoustillés. Cette femme me faisait vibrer d'un désir alimenté par le mystère féminin qu'elle savait cultiver.

— J'avais égaré mes clés, j'ai bien failli être en retard, me dit-elle tout en ouvrant la porte avec son trousseau retrouvé.

— Ne vous en faites pas, j'aurais patienté, je n'étais pas pressée d'entrer à nouveau dans la fosse aux lions, lui répondis-je en reprenant son trait d'humour du matin même.

Elle me sourit.

— La matinée n'était qu'une mise en bouche, attendez un peu de voir ce que ça donne quand les fauves ont déjeuné… Si c'est du spectacle que vous vouliez, vous n'allez pas être déçue !

— Il doit bien y avoir un moyen de les dompter…

Elle eut un air dépité.

— S'il y en a un, je ne l'ai pas encore trouvé !

Elle entra dans le laboratoire et fit signe aux élèves de la suivre. Son visage s'était fermé et elle semblait prise d'une brusque montée de stress qui se traduisait par une réapparition de son érythème pudique sur le cou et le décolleté. Ces petites rougeurs dispersées la rendaient particulièrement séduisante et pendant une seconde, je me plus à penser que j'étais aussi à l'origine de cette extrême émotivité.

— Je vous propose de prendre place au dernier rang, ainsi, vous n'aurez pas à surveiller vos arrières, me chuchota-t-elle.

Elle intima ensuite aux élèves, qui s'amusaient bêtement à se bousculer, de s'asseoir dans le calme et tempêta un bon moment pour obtenir un silence absolu, qui fut très vite rompu par des bruits de chaises que l'on recule en raclant le sol, d'objets qui tombent – volontairement ou non – par terre, d'élèves qui se mouchent sans discrétion et tous en chœur, de gloussements de filles inattentives suivis de bavardages hauts et forts mais localisés, puis d'un chahut général provoqué par les pitreries d'un élève plus dissipé que les autres.

J'avais de la peine pour la jeune professeur, qui gesticulait et s'égosillait pour tenter de rétablir un minimum d'ordre, et je ne pouvais que déplorer que ses élèves lui manquent ouvertement de respect. Je la voyais me lancer des regards désespérés, gênée que j'assiste à de tels débordements, bien qu'elle m'ait prévenue du folklore qui pouvait régner lors d'une séance de travaux pratiques. Elle était assaillie, dépassée, affaiblie par la horde d'adolescents qui avaient – momentanément – pris le pouvoir. Son désarroi me touchait et j'aurais bien voulu désamorcer la situation pour mettre fin à son calvaire, mais j'étais moi-même totalement désarmée.

Spectatrice forcée, il ne me restait plus qu'à attendre, sans rien faire, sans rien dire. Du fond de la salle de classe, je me mis donc à la contempler. Encore, encore et encore, sans me lasser. Sa douceur et sa délicatesse démultipliaient sa féminité et il se dégageait d'elle une humilité et une simplicité qui exaltaient sa beauté. Tout en elle m'attirait, y compris sa manie de se mordiller les ongles ou de se triturer le lobe d'oreille quand elle n'était pas à l'aise.

À force de la regarder, je me surpris à l'imaginer dénudée, la peau blanche et veloutée, des seins ronds et pleins et les aréoles roses et bien dessinées. Belle et irrésistible, je me plongeai dans un rêve éveillé où je caressais son corps nu et étendu sur mon canapé, lui embrassant tendrement le cou, la poitrine et le ventre, allant jusqu'à explorer ses hanches qu'elle aurait cambrées de désir, m'aventurant entre ses cuisses que j'aurais doucement écartées. Tout mon corps s'enflammait à l'idée des baisers passionnés que je lui aurais donnés. L'intensité de mes pensées était telle que je ressentais à travers ce rêve doré le plaisir qui m'aurait submergée à l'effleurement de sa peau sensible et à l'invasion de sa cachette féconde et secrète.

Tapie au fond de la classe, en présence de ces adolescents dont les pulsions – à l'aube de leur vie d'adulte – étaient peut-être encore plus impétueuses que les miennes, j'étais presque déséquilibrée par mes envies charnelles sauvages et enfiévrées, partagée entre la honte d'avoir laissé libre court à mes pensées, la peur du désir prédateur dans lequel je ne voulais pas tomber et le plaisir que j'éprouvais à désirer leur professeur.

Vingt minutes. C'est le temps qui fut nécessaire à la classe pour retrouver un semblant d'ambiance de travail. L'attention fluctuante d'une partie des élèves et l'attitude puérile de certains autres vinrent néanmoins ternir le reste du cours, qui se déroula au milieu de rires étouffés et de bavardages plus ou moins discrets qui créaient un bruit de fond vraiment désagréable.

— On dirait que vous avez tenu le coup, me dit l'enseignante à la fin de la séance, après avoir pris soin d'attendre que tous les élèves aient quitté la salle.

Admirative et souriante, je lui répondis :

— On dirait bien que vous aussi ! Si vous travaillez tous les jours en mode survie, je vous tire mon chapeau !

— Les cours du matin sont un peu plus supportables, mais c'est loin d'être le paradis et ici, nous sommes seuls face aux problèmes, m'avoua-t-elle d'un air résigné.

— Je comprends parfaitement la situation. Difficile d'avancer quand la hiérarchie ne fait que de la figuration…

Elle soupira et se mit à ranger minutieusement toutes ses affaires dans sa valisette. Quand elle regarda sa montre, qui affichait dix-sept heures dix-sept, je sentis la fin imminente de notre conversation et décidai alors de me lancer :

— Si vous avez terminé votre journée, nous pourrions peut-être décompresser autour d'un café, lui proposai-je d'une voix mal assurée.

— Je suis un peu fatiguée, je préférerais rentrer me reposer, me répondit-elle d'un ton las tout en refermant à clé la porte de la salle de classe.

— Je connais un endroit très calme où vous pourrez vous ressourcer, il sert les meilleurs cappuccinos du coin. Vous vous en voudriez de ne pas y goûter ! Et puis, après tout ce que vous venez de me faire endurer, vous me devez bien ça ! lui dis-je en riant.

— Dans ce cas, d'accord, mais pas longtemps, finit-elle par répondre après un temps d'hésitation, un peu contrainte.

La joie incommensurable qui devait se lire sur mon visage à ce moment-là la fit sourciller, mais elle me suivit sans me le faire remarquer et nous arrivâmes dans ce petit café excentré en moins de dix minutes. Elle n'avait décroché que quelques mots pendant le trajet, comme pour me faire sentir que je l'avais forcée, et je me demandais si elle réussirait à desserrer les dents une fois entrée.

Nous choisîmes une table à l'étage, près du garde-corps en verre, d'où nous avions une vue plongeante sur le bar et sur la clientèle qui y défilait dans une ambiance feutrée. Les effluves de café torréfié virevoltaient dans l'air et venaient titiller les narines de la gourmande que j'étais.

— Impossible de ne pas succomber à l'odeur du café! m'exclamai-je.

Elle acquiesça.

— En effet, difficile d'y résister.

— Vous verrez, leur cappuccino est à tomber!

— Oui, je le sais, je suis déjà venue ici plusieurs fois, lâcha-t-elle.

— Ah… Désolée! Et moi qui me réjouissais de vous faire découvrir un nouveau lieu!

— Ça ne fait rien, j'aime bien cet endroit. Je m'assieds d'ailleurs souvent à cette table pour observer les gens qui passent et la vie qui s'écoule.

Son accès soudain de mélancolie me surprit.

— Y venez-vous toujours seule? lui demandai-je, intriguée.

Elle montra un sourire timide.

— La plupart du temps…

Elle décolla ses mains de ses genoux et les posa à plat sur la table, comme une petite fille sage. La vue de l'alliance qu'elle portait à son annulaire gauche me fit déchanter. Le monde venait de s'écrouler, pas un seul instant je n'avais pensé qu'elle pouvait être mariée.

— Pourquoi ne pas demander à votre moitié de vous y accompagner ? l'interrogeai-je en tâchant de dissimuler l'émotion et la déception qui s'étaient emparées de moi.

— Je vis seule…

Sa révélation me soulagea, mais j'étais quelque peu décontenancée.

— Et l'alliance ? bredouillai-je.

Ses yeux étaient rivés sur la tasse de café fumant que le serveur venait d'apporter.

— Une simple bague que j'ai l'habitude de porter à gauche. Une façon peut-être aussi de dissuader les hommes un peu insistants…

— Si vous êtes seule et cherchez à rencontrer quelqu'un, éloigner les hommes en exhibant une bague qui traduit une certaine indisponibilité n'est pas la meilleure des solutions…

— Je sors d'une histoire compliquée et je n'ai pas envie de me replonger tout de suite dans les tourments de l'amour, confessa-t-elle de façon inattendue.

— Alors, tout s'explique. Les hommes font toujours souffrir, mais je suis sûre que vous saurez rebondir, lui dis-je pour l'assurer de mon soutien moral.

Mais les hommes n'avaient pas l'exclusivité. Les femmes – elles aussi – pouvaient ravager le cœur. Ce dont Caliéor ne se doutait pas à cet instant, c'est qu'elle avait détruit le mien, qu'elle avait piétiné toutes mes convictions, qu'elle m'avait fait perdre le peu d'assurance que j'avais et qu'elle m'avait envoyée, sans le vouloir, dans des zones sombres d'où je pensais ne jamais pouvoir sortir.

Je mourais d'envie de lui dire que mon cœur saignait autant que le sien, mais je me tus, de peur de gâcher le bon moment que l'on passait, du moins que *je* passais, car je ne savais pas ce qu'il en était pour elle. Ses mains encore rougies par le froid extérieur entouraient sa tasse brûlante. Elle grelottait malgré la chaleur étouffante qu'émettaient les vieux radiateurs mal réglés du café et son manteau, qui n'avait pas quitté ses épaules depuis notre arrivée, n'avait pas l'air de la réchauffer. Le regard baissé et perdu dans le vide, elle ne semblait plus m'écouter. Son maquillage joliment travaillé n'arrivait plus à cacher sa fatigue et je me sentais coupable de la retenir en otage dans ce café, à cette table qui lui rappelait probablement ses moments esseulée.

— Vous tremblez et vous paraissez épuisée. Peut-être voudriez-vous rentrer, lui dis-je doucement en lui effleurant la main, pour ne pas la tirer brusquement de ses pensées.

Elle releva la tête et murmura :

— Oui, je vais vous laisser.

La lumière tamisée du café faisait danser des reflets cuivrés dans ses cheveux, dont j'appréciais le brun naturel, et soulignait ses taches de rousseur, que j'adorais. Sous mon regard envoûté, elle avala le contenu bouillant de sa tasse en deux gorgées qui la brûlèrent et la firent grimacer, puis se leva et me salua, visiblement soulagée de pouvoir enfin s'en aller. Silencieusement, je l'observai descendre l'escalier et la suivis des yeux à travers le garde-corps vitré jusqu'à ce qu'elle passe la porte du café. Elle était si belle, si frêle et si délicate qu'il m'en crevait le cœur de la voir s'éloigner et je restai là, seule, avec pour unique preuve de son passage la trace que son rouge à lèvres avait laissée sur sa tasse, que je décidai d'emporter.

Chapitre 7

23 février

Je me réveillai d'humeur joyeuse après une nuit de songes qui m'avaient fait voyager dans d'agréables contrées. Comme toutes les nuits depuis que je l'avais rencontrée, j'avais rêvé de mon enseignante préférée. La torture psychologique des débuts avait laissé place à un plaisir savouré et l'intensité de mes rêves s'amplifiait au fur et à mesure que mon désir pour elle grandissait.

Cette nuit avait été particulièrement torride et j'en étais encore tout émoustillée. Je me revoyais la plaquer sauvagement contre moi et me perdre dans ses grands yeux noirs. Je me souvenais de la chaleur de son corps qui envahissait le mien dans un sentiment profond de bien-être et de plénitude. Je la serrais dans mes bras, qu'elle ne voulait plus quitter, et enfouissais ma tête dans son cou pour m'imprégner de son parfum. Mes lèvres brûlantes dévoraient sa peau sucrée et je la sentais lâcher prise sous la fougue de mes baisers. Je m'entendais encore l'appeler « ma chérie » et lui susurrer des mots doux dont l'écho résonnait sur les murs nus de la chambre. Et je me rappelais le plaisir que j'avais pris après nos étreintes passionnées à la contempler endormie, belle dans son plus simple appareil, rassasiée d'amour, aussi repue qu'un bébé après la tétée.

C'est donc l'esprit léger que je partis travailler, avec l'idée en tête d'obtenir de Sonia l'autorisation de faire une deuxième journée d'immersion au lycée, non pas pour terminer mon dossier d'enquêtes, qui stagnait, mais dans le seul et unique but de revoir Caliéor. La veille, elle avait quitté si vite le café que je n'avais pas eu le temps de lui demander son numéro de téléphone et je ne pouvais me résoudre à ne plus jamais lui parler.

— Bonjour, Sonia, tu as deux minutes ? lui dis-je en passant la tête dans l'entrebâillement de la porte de son bureau, essoufflée d'avoir gravi quatre à quatre les marches de l'escalier du magazine.

— Bien sûr !

Je me lançai :

— C'est à propos du lycée hôtelier, tu sais, j'y ai passé la journée d'hier sur l'invitation du proviseur et j'aimerais y retourner.

Étonnée, Sonia se balança sur sa chaise et coinça son crayon derrière son oreille.

— Il va d'abord falloir que tu m'expliques, ma grande, car une chose m'échappe. L'autre jour, j'ai dû te forcer pour que tu y remettes les pieds et maintenant, tu voudrais y retourner de ton plein gré ? Une quatrième fois ?

— Ce lycée a quelque chose de spécial et je sens qu'en y passant plus de temps, je pourrai écrire un papier détonnant, prétendis-je en lui mentant effrontément.

La seule particularité de ce lycée, c'était d'y abriter une jolie fleur que j'aurais aimé effeuiller, mais je ne pouvais bien évidemment pas le dire à Sonia. Cette dernière avait d'ailleurs un flair si aiguisé qu'elle sentit immédiatement que je lui cachais la vérité.

— Ce serait une perte de temps d'y passer encore une journée. Tu as déjà un bon aperçu du milieu, voilà près de deux mois que tu travailles sur ce dossier, tu ferais bien de le boucler rapidement.

Je la suppliai.

— Sonia, laisse-moi juste vingt-quatre heures et tu n'entendras plus parler de ce lycée !

Mais elle ne voulait rien entendre.

— Non, la raison pour laquelle tu veux y retourner est de toute évidence personnelle, je ne peux pas t'y autoriser et ce n'est pas négociable. Si tu as des choses à régler là-bas, tu peux toujours y aller en dehors de ton temps de travail !

— Je suis de repos le week-end uniquement, le lycée n'est pas ouvert ! Et je termine en semaine après l'heure de fermeture de l'établissement, je ne vois pas comment je pourrais y retourner ! lui répondis-je sèchement.

Elle campa sur ses positions et me répéta :

— Sarah, je ne te donnerai pas mon accord, inutile d'insister !

Telle une enfant à qui l'on viendrait de refuser l'achat d'un jouet, je lui tournai alors le dos, quittai son bureau en négligeant sciemment les formules de politesse pour lui montrer mon mécontentement et passai le reste de la journée à maugréer, en me demandant quel stratagème j'allais devoir inventer pour retourner au lycée.

24 février

De bon matin, face au miroir de la salle de bain, je m'entraînais à jouer la malade imaginaire. Je n'avais jamais menti à un médecin – j'avais toujours été en bonne santé –, mais aujourd'hui, il le fallait.

Je m'assis sur le rebord de la baignoire et pensai à Caliéor pour me donner du courage, puis me préparai rapidement avant de me rendre au cabinet de mon médecin traitant, qui avait dû me voir deux fois en tout et pour tout sur les dix dernières années.

L'attente me parut interminable, au point que je ne n'arrivais plus à compter le nombre de patients qui défilaient ni les claquements de porte qui résonnaient dans mes oreilles comme le maillet d'un juge qui s'abattrait pour officialiser la sentence du condamné. Je commençais à regretter d'utiliser ce biais pour retourner au lycée quand le regard du médecin se porta sur moi. Je sus alors que c'était à mon tour de jouer et que je n'avais que quelques minutes pour convaincre.

Après avoir feint un état de fatigue extrême associée à des céphalées modérées et m'être plainte de vomissements, de nausées, de sueurs froides, de douleurs abdominales et de diarrhées sévères qui m'avaient prise au beau milieu de la nuit et m'avaient obligée à visiter à trois reprises – et non sans honte – les toilettes du cabinet médical, j'obtins trois jours d'arrêt pour une gastro-entérite aiguë fictive. En cette période d'épidémie, le médecin n'avait pas cherché à en savoir plus et j'étais rassurée de ne pas avoir subi un véritable interrogatoire. J'avais tenu mon rôle à la perfection et venais d'accomplir avec brio la première étape de mon plan. Il me fallait maintenant passer à la deuxième phase : prévenir Edu'Mag de mon absence et m'affranchir de la paperasse administrative qui en découlait, à savoir, l'envoi du certificat de mon arrêt de travail. Ce qui fut un jeu d'enfant tant la secrétaire expédia mon appel et me permit de passer en un temps record à la troisième et dernière étape du plan, plus risquée et sans aucune garantie de succès : recontacter le proviseur du lycée, demander à interviewer à nouveau quelques professeurs et faire des photos de l'établissement – dont la salle de restaurant qui faisait la réputation du lycée – pour les intégrer au dossier qui serait publié sous peu. Je savais que cet argument viendrait booster la fierté du chef d'établissement et que je risquais moins de me voir opposer un refus qu'en requérant d'y faire une deuxième journée d'immersion. Je saisis donc le téléphone, les jambes légèrement tremblantes du fait de l'enjeu que cet appel représentait pour moi, je pris une profonde respiration et composai le numéro de la ligne directe du proviseur. Par chance, cinq minutes de conversation courtoise me suffirent à obtenir ce que je voulais : rendez-vous était pris pour le lendemain, dix heures sonnantes. J'étais au comble de ma joie, un peu moins de vingt-quatre heures me séparaient des retrouvailles avec Caliéor.

25 février

Neuf heures
J'étais déjà levée depuis trois heures et bouillais d'impatience de me rendre au lycée. Exceptionnellement,

je prendrais la voiture pour y aller. Cette vieille carcasse ne m'avait pas servi depuis longtemps, j'adorais marcher et n'étais pas une adepte de la conduite en ville, mais aujourd'hui, elle serait le moyen le plus sûr et le plus discret pour éviter de tomber dans la rue sur mon patron, sur Sonia ou un autre collègue d'Edu'Mag qui me pensait clouée au lit par une vilaine gastro-entérite.

Dix heures

Mon cœur se précipita en passant les grilles du lycée et je tentai, avant même d'avoir atteint le hall d'entrée, d'apercevoir la jolie professeur ou de sentir dans l'air les essences de son parfum, qui me confirmeraient ainsi sa présence. Mais pas de Caliéor à l'horizon, je me dirigeai donc sans grand enthousiasme vers les bureaux de la direction.

— Ah, madame Börje-Illuy, ravi de vous revoir ! Dites-moi, j'ai comme l'impression que vous ne voulez plus nous quitter ! plaisanta le proviseur en me voyant arriver.

Je ris et, sur le même ton de plaisanterie, lui répondis :

— En effet, vous m'avez percée à jour, je me suis éprise de ce lycée !

— Vous avez choisi de nous mettre à l'honneur, en photos sur papier glacé qui plus est, nous en sommes très heureux, dit-il en se tapotant le ventre de contentement.

— C'est mérité, déclarai-je sans penser un mot de ce que je disais, en me demandant de quelle manière j'allais gérer les conséquences de cet amas de mensonges.

— Permettez-moi de vous accompagner et de vous indiquer les meilleurs angles et les plus belles prises de vue. Je suis photographe à mes heures perdues, se vanta-t-il avec un sourire béat.

Je n'étais pas en veine, j'allais devoir trouver un moyen de me défaire de lui rapidement si je voulais avoir un moment seule avec la professeur de restaurant.

— Avec plaisir, lui répondis-je faussement. Mais je ne voudrais pas monopoliser votre temps, vous êtes un homme certainement très occupé, c'est inévitable en étant à la tête d'un établissement comme celui-ci, essayai-je de le flatter pour mieux m'en débarrasser.

— Oui, oui, bien évidemment, mais je peux tout de même vous accorder quelques minutes, dit-il en se faisant tellement insistant que je dus accepter qu'il me suive.

C'est ainsi qu'après le rôle de la malade imaginaire de la veille, il me fallut jouer celui de la photographe de presse spécialisée, avec pour seul matériel – ou plutôt seul leurre – le vieil appareil argentique que mon père m'avait légué, que j'avais sorti le matin même du placard et dont l'utilisation restait encore tout un mystère à mes yeux.

Une demi-heure durant, je manipulai l'objectif et appuyai mécaniquement sur le bouton sans savoir ce que je prenais en photo du mur, du sol ou du plafond, écoutant sans comprendre les termes techniques que le proviseur employait pour m'aider à cadrer, m'énervant silencieusement du temps que je perdais pour retrouver l'objet de toutes mes pensées.

— Voudriez-vous maintenant que je prenne la pose avec une partie de mon équipe ? proposa fièrement le chef d'établissement.

— Eh bien, l'idée n'est pas mauvaise. Et si nous prenions cette photo au restaurant pédagogique ? Il serait de cette façon doublement mis en avant, tentai-je de le persuader pour m'approcher enfin du véritable but recherché.

— C'est parfait. Je réunis mes meilleurs éléments et nous nous retrouvons au restaurant. Vous souvenez-vous comment faire pour y accéder ?

— Absolument, j'ai une mémoire d'éléphant, lui répondis-je avec humour.

Impossible effectivement d'oublier le chemin qui menait à Caliéor. Un chemin que je pourrais refaire les yeux fermés, en courant, en volant, en chantant tant ma hâte et ma joie de la revoir étaient grandes.

Je gravis donc les trois étages sans m'arrêter, traversai la passerelle en verre sans même me demander si elle n'allait pas s'écrouler, passai devant les cuisines, d'où sortait une chaleur accablante, et m'avançai vers l'entrée de la petite salle de restaurant. J'étais ivre rien qu'à l'idée de retrouver Caliéor, mes veines se gonflaient sous mon pouls qui s'emballait, des sueurs chaudes m'assaillaient et j'avais l'estomac noué, mais tout retomba lorsque je franchis les portes du restaurant, à la vue de la salle vide. Il n'y avait personne, pas un professeur, pas un élève, et le silence en était presque inquiétant. Je fus alors prise d'un doute qui me paniqua et un flot de questions me traversa l'esprit. Caliéor n'avait-elle pas encore commencé sa journée? Allait-elle arriver à la dernière minute, comme la dernière fois? Ou avait-elle cours dans une autre salle? Je ne pouvais laisser ces questions sans réponses et décidai de partir à sa recherche. Si le proviseur arrivait entretemps, il penserait que je me serais égarée en chemin. J'entrepris donc de la chercher, d'abord dans la salle de TP et celle des professeurs, puis dans les cuisines et les couloirs, et jusque dans les toilettes. Mais aucune trace d'elle. Je ne la voyais pas et mon odorat développé ne décelait son parfum nulle part. Elle n'était pas là. J'errai encore quelques minutes dans les couloirs du lycée, en vain, et me résolus à regagner le restaurant, où le proviseur m'attendait.

En me voyant entrer toute penaude, il se moqua gentiment.

— Votre mémoire d'éléphant ne vous aurait-elle pas fait défaut, madame Börje-Illuy ?

— Je cherchais l'équipe de restauration. Où sont-ils tous passés ? Et madame Hurrat ? Je pensais pouvoir la saluer…

— Toute l'équipe de restauration assiste au Grand Salon de l'hôtellerie, nous y emmenons chaque année les trois classes les plus méritantes. Une compétition saine que nous instaurons pour maintenir une dynamique d'établissement, m'expliqua-t-il avec la même fierté que celle qu'il affichait depuis le début de la matinée.

— Je ne connais pas ce salon, mais il vaut certainement une visite. Quand rentrent les enseignants et leurs élèves ?

— En début de soirée. Le salon ne ferme ses portes qu'à dix-neuf heures, ils y resteront jusqu'à la fin. Mais comment est-ce possible que vous n'ayez pas connaissance de l'organisation de cet événement ? Il est réputé à travers tout le pays et c'est votre rayon, s'étonna-t-il.

Je me sentis obligée de me justifier.

— Je débute dans la profession et je ne couvre que les événements régionaux. Pour le moment…

Il m'exposa ensuite l'agenda des sorties scolaires du reste de l'année tout en regroupant sa petite équipe administrative pour que je puisse enfin prendre cette photo inutile à laquelle il tenait tant et qui ne sortirait jamais de mon vieil appareil. Son humeur guillerette et son attitude décontractée m'incitèrent à lui demander si je pouvais repasser le lendemain pour saluer l'équipe absente et recueillir les impressions des professeurs sur le salon. Ce à quoi il m'autorisa sans hésiter. L'heure du déjeuner ayant sonné, j'en profitai pour le remercier et m'éclipser, déçue d'avoir perdu ma journée et honteuse d'avoir tissé un tas de mensonges, mais heureuse de savoir Caliéor bientôt de retour. Je l'imaginais, dans un petit tailleur marron, déambulant dans les nombreuses allées, fatiguée de courir après ses élèves dispersés. Tout me ramenait vers elle, mais qu'en était-il de son côté ? Il suffisait que j'entende une valise ou un cartable d'écolier rouler sur le sol pour que je pense à elle et que je me demande si elle pensait à moi. Je sentais son parfum sur une autre femme, son image m'apparaissait et je priais pour qu'elle aussi pense à moi. Je ne pouvais m'empêcher de songer à elle et je suppliais pour que, où qu'elle soit et quoi qu'elle soit en train de faire, elle pense à moi. Quelques minutes, quelques secondes, une fraction de seconde…

26 février

Je mis les pieds hors du lit sans avoir fermé l'œil de la nuit, beaucoup trop excitée à l'idée de la journée cruciale qui se profilait. Une fois n'était pas coutume, j'allais sauter le petit déjeuner pour passer plus de temps à m'apprêter. Je tenais à soigner les moindres détails pour apparaître belle et rayonnante lorsque je croiserais l'enseignante. Une robe noire élégante, des collants chauds pour oublier cette fin d'hiver, des bottes à talons neuves et un manteau mi-long bicolore que je choisis d'accessoiriser avec un sautoir sobre en argent fin et une petite pochette en bandoulière dans laquelle je glissai le nécessaire pour une retouche éventuelle du maquillage discret que je venais d'appliquer.

Comme la veille, j'optai pour un déplacement en voiture. C'était mon dernier jour d'arrêt. Mon patron n'avait pas cherché à me joindre – il savait à peine qui j'étais et avait dû me saluer moins de cinq fois en six mois –, mais Sonia, elle, m'avait appelée le soir pour me demander de mes nouvelles et j'avais dû lui mentir sur mon état de santé. Je l'avais toujours beaucoup appréciée et j'avais confiance en elle, mais lui avouer ce que j'avais inventé pour retourner au lycée n'aurait fait qu'alimenter le conflit. Elle n'aurait jamais accepté mes agissements et en aurait probablement référé à sa hiérarchie qui m'aurait sans nul doute sanctionnée. Or, je tenais trop à ce travail pour me faire congédier. Lui mentir n'était donc pas un choix délibéré mais une obligation salvatrice.

Neuf heures tapantes

J'étais garée sur le grand parking accolé au lycée depuis déjà quinze minutes et passais en revue toutes les voitures qui y étaient stationnées dans l'espoir d'y apercevoir celle de Caliéor. Je ne l'avais vue qu'une seule fois, dans la pénombre de surcroît, mais j'aurais pu la reconnaître entre mille. Une petite citadine très féminine aux formes rondes et épurées, d'un gris raffiné qui avait fait jaillir des reflets dorés lorsqu'elle était passée sous les halos de la faible lumière orangée qu'émettait l'unique réverbère devant le lycée. Mais j'avais beau scruter tous les véhicules garés et ceux qui arrivaient, je ne voyais pas celui de Caliéor. Je me rassurai en me disant que la journée ne faisait que commencer, que Caliéor n'allait pas tarder ou qu'elle était venue travailler à pied et avait déjà poussé les portes du lycée. Je décidai donc de ne pas m'éterniser dans l'habitacle de ma voiture, dont les vitres fermées avaient fini par s'embuer, prises en otage entre l'air froid qui régnait à l'extérieur et mon souffle chaud et humide qui happait les restes du chauffage que j'avais allumé pour faire le trajet.

Légèrement tendue, je pénétrai dans le petit hall d'entrée qui me semblait désormais familier et pris, comme la veille, la direction des bureaux du rez-de-chaussée. Après des salutations rapides à une équipe dirigeante – fort heureusement pour moi – surchargée de travail, je pus vaquer à mes occupations librement et me mettre en quête de l'enseignante. Je parcourus les couloirs en long, en large et en travers, slalomant entre les élèves retardataires, leurs sacs jetés par terre et les traces glissantes et mouillées du sol fraîchement lavé. Je montai et descendis les étages plusieurs fois, demandant à tous ceux que je croisai si Caliéor Hurrat était arrivée, puis terminai finalement ma course au restaurant pédagogique, envahi d'élèves attelés à la préparation du service du midi, supervisés par un professeur que je n'avais pas encore rencontré. Un petit homme au cuir chevelu dégarni, aux joues rebondies et aux traits marqués par des années de métier, bedonnant et engoncé dans un costume trop serré, mais à l'allure sympathique et dynamique.

— Bonjour, lui dis-je en m'approchant un peu plus près de lui.

Affairé à corriger la disposition des couverts sur une table que deux élèves étaient en train de dresser, il releva la tête, apparemment surpris par mon intrusion. Puisqu'il restait silencieux, j'enchaînai :

— Veuillez m'excuser, je n'avais pas l'intention d'interrompre votre cours, je cherchais juste votre collègue, madame Hurrat, que je pensais trouver ici. Je souhaitais m'entretenir avec elle. Elle me connaît, je suis Sarah Börje-Illuy, journaliste à Edu'Mag, égrenai-je à la manière d'un robot qui débiterait un enregistrement.

— Je ne vais pas pouvoir vous aider, je ne sais pas à quelle heure elle compte arriver, me répondit-il d'un air désolé.

— Elle a pourtant bien cours ce matin, non ? voulus-je m'assurer.

Il secoua la tête négativement.

— Cet après-midi uniquement. La connaissant, elle viendra probablement dès la fin de matinée, mais je ne peux pas vous le certifier.

— Mais n'avez-vous pas un moyen de la contacter ?

Je priais intérieurement pour qu'il me transmette son numéro.

— Aviez-vous rendez-vous ? s'enquit-il soudainement.

— Non, le proviseur m'a dit hier que je pouvais passer quand je le souhaitais…

— Dans ce cas, vous allez devoir patienter, répondit-il sans manifester grande volonté de m'arranger.

— Lorsqu'elle arrivera, pourrez-vous au moins lui faire savoir que je l'attends ? Je serai dans la salle des professeurs.

— Comptez sur moi, ce sera fait, affirma-t-il.

Après un « merci » tout juste poli, je m'en retournai vers l'autre aile du bâtiment pour rejoindre, les pieds lourds, la salle des enseignants. À cet instant, j'aurais tout donné pour que Caliéor apparaisse dans la seconde. Je n'en pouvais plus de cette attente prolongée, je voulais lui parler, la regarder, la sentir, la toucher. J'étais dans une détresse émotionnelle telle que mon corps tout entier appelait au secours. Je faisais les cent pas dans cette petite salle, m'arrêtant à intervalles réguliers pour jeter un coup d'œil par la grande fenêtre pour voir si elle arrivait. Je fulminais à l'idée que son collègue ne la prévienne pas de ma présence, tel qu'il me l'avait promis. Je ruminais, trépignais, m'agaçais du bruit que produisait le distributeur automatique de boissons dont l'accès exclusif aux enseignants faisait grogner puis, n'y tenant plus, décidai de retenter ma chance au restaurant. C'était reparti. Un total de deux cent quarante-huit pas à aligner une énième fois, dont cinquante-quatre marches qui m'usaient à chaque montée. J'avais fait le compte, un peu plus tôt dans la matinée, pour tuer le temps. Et maintenant, c'est un fil d'Ariane que je m'imaginais suivre, espérant y trouver au bout une Caliéor accueillante et souriante.

J'avançais machinalement, perdue dans mes méditations, quand, au détour du deuxième palier, au niveau d'un gros extincteur fixé en dessous d'un plan d'évacuation jauni par le temps et que l'humidité décollait du mur et faisait gondoler, je la vis, la tête penchée sur son téléphone, qu'elle tenait du bout des doigts, un gobelet de café plein dans l'autre main. Elle était éclatante dans un pantalon blanc qui devançait de quelques semaines le printemps et portait une veste noire aux manches retroussées par-dessus un chemisier corail qui lui illuminait le teint et lui donnait un petit air décontracté. Pour attirer son attention, je toussotai et fis coulisser bruyamment la fermeture à glissière de mon petit sac en bandoulière dans lequel je fis mine de me plonger, à la recherche d'un quelconque objet. Elle sursauta, détacha le regard de l'écran de son téléphone et se tourna vers moi.

— Je ne m'attendais pas à vous voir ici, lâcha-t-elle, surprise.

— Je ne voulais pas vous effrayer, mais vous aviez l'air si absorbé…

— J'ai un bon nombre de choses à régler avant mon cours de l'après-midi, me dit-elle, comme pour me prévenir avec diplomatie qu'elle n'aurait pas de temps pour discuter.

Je n'en fis pas cas.

— Auriez-vous tout de même quelques minutes à m'accorder ?

— Je pensais que vous aviez achevé votre dossier…

— Pas tout à fait. J'ai besoin de recueillir vos impressions sur le salon auquel vous avez assisté hier, argumentai-je en essayant de dissimuler la gêne que ce mensonge me provoquait.

Elle regarda sa montre.

— Malheureusement, j'ai très peu de temps. Adressez-vous plutôt à mes collègues, ils vous aideront volontiers dès que leur cours sera terminé.

— Vos commentaires sont tout aussi importants que les leurs, j'ai besoin d'un maximum d'opinions. Peut-être pourrez-vous me faire un rapide compte-rendu par téléphone quand vous trouverez le temps, lui proposai-je, tentant le tout pour le tout.

Elle hésita.

— Je vais voir, je ferai mon possible. Pour quand vous le faut-il ?

— Dans un délai de trois jours, si vous le pouvez.

— C'est noté, me dit-elle en programmant un rappel sur son téléphone.

— Je vais vous laisser mon numéro. Permettez que je prenne le vôtre, lui dis-je, consciente que le moment tant attendu était enfin arrivé.

Elle releva la tête, me fixa un instant du regard, sembla à nouveau hésitante, mais n'y montra finalement pas d'objection. Son numéro était désormais inscrit sur mon carnet de notes, gravé dans ma mémoire, marqué au fer rouge sur ma peau qui frémissait, imprimé sur mon corps qui exultait.

— Je vous remercie. Je vais maintenant vous laisser terminer tranquillement votre café, marmonnai-je, encore sous le coup de l'émotion, un brin embarrassée de l'avoir piégée de cette façon.

— Un ersatz de café, vous voulez dire. Rien à voir avec celui que nous avons bu ensemble l'autre jour, se souvint-elle.

Profitant de la brèche qu'elle venait d'ouvrir malgré elle, je déclarai :

— Si cela vous dit que nous y retournions, il ne tient qu'à vous…

Elle coinça une mèche de cheveux rebelle derrière son oreille, effleura de la main le pendentif en argent qu'elle portait et m'adressa un sourire timide en guise de réponse. Nous nous dirigeâmes alors vers l'escalier en silence, mais elle ne vit pas le petit stylo noir qui traînait au milieu du couloir. Son pied le foula, elle glissa, trébucha, émit un petit cri à peine audible et par réflexe pour s'éviter une chute disgracieuse, se rattrapa à moi. Sa main agrippa mon poignet si fermement que j'en eus le sang coupé. Ses ongles, pourtant courts et bien limés, s'enfoncèrent dans ma chair, qui rougit de douleur instantanément. Son bras s'enroula autour du mien comme un serpent autour de sa proie, ma main saisit son coude et je parvins, de justesse, à la retenir. Elle se redressa et me regarda droit dans les yeux. Ses pommettes, qui avaient rosi, la rendaient terriblement *sexy*. Elle me remercia, je lui souhaitai une bonne fin de journée et repartis, le cœur léger.

Chapitre 8

28 février

Caliéor ne m'avait toujours pas appelée. Je n'avais pourtant pas quitté mon téléphone depuis que nous avions échangé nos numéros. Je tournais en rond dans mon salon et me demandais si elle me contacterait en ce week-end frais mais ensoleillé. J'avais passé la veille à ne penser qu'à elle et peinais à me concentrer sur autre chose que le souvenir de ses yeux intimidés dont l'amande dégageait une vraie sensualité, de ses lèvres dessinées d'un trait de crayon parfaitement maîtrisé, de ses joues parsemées de taches de rousseur qui m'ensorcelaient, de ses doigts fins qui invitaient aux câlins et de sa poitrine qu'elle bombait sous son chemisier et mettait en avant de manière si féminine. Je me remémorais le sourire qu'elle avait esquissé avant de s'éclipser et je m'interrogeais sur ses propres sentiments. Je me plaisais à interpréter le moindre de ses gestes comme un signe de son affection envers moi. Quand elle riait à ce que je lui disais, quand elle acquiesçait, lorsqu'elle me dévisageait longuement ou quand sa main me frôlait, lorsqu'elle rougissait ou baissait les yeux, quand elle se rapprochait pour me parler. Tout me faisait croire que je l'intéressais, du moins j'aimais me complaire dans ces pensées. Elle m'envoûtait et partout où j'allais, je pouvais la sentir à mes côtés. Partout où j'allais, elle me suivait, comme une ombre qui ne veut pas se détacher. Dehors, en voiture, au travail, en promenade, au supermarché, à la salle de sport, elle était là. Elle s'invitait aussi chez moi, derrière les fourneaux, à table, dans le salon devant la télé, sous la douche. Le jour, mais aussi la nuit, dans mon lit, dans mes rêves, sur mon oreiller, elle était si près que je pouvais presque sentir son souffle chaud sur ma nuque et il m'aurait suffi d'allonger le bras pour la toucher. Comme souvent, c'est dans le noir que le feu du désir se ravivait le plus et seuls les draps qui s'humidifiaient peu à peu étaient témoins de mes envies dévorantes d'amour et de tendresse. Je me voyais caresser chaque centimètre carré de sa peau lisse et nue, embrasser son corps qui s'offrait à moi dans un élan d'excitation incontrôlé et masser délicatement son intimité pour la mener à l'extase, tout en lui murmurant un «je t'aime» vibrant dans le creux de l'oreille. Je rêvais de ses doigts effilés qui me parcourraient l'aine pour remonter jusqu'à mes seins qui pointeraient de désir. Elle m'immergerait dans un océan de plaisir où l'on n'entendrait dans le silence de la nuit que nos respirations haletant en harmonie. Mais comme toujours, une fois le rêve évanoui, c'est seule que je devais trouver le chemin de la jouissance, une jouissance bien moins intense et beaucoup plus éphémère que celle que Caliéor m'aurait procurée.

29 février

Toujours aucune nouvelle d'elle en cette fin de matinée. Le délai des trois jours que je lui avais annoncé allait bientôt être écoulé et je commençais à m'inquiéter de devoir lui téléphoner la première. Je voulais que l'appel vienne d'elle, qu'elle me prouve qu'elle n'avait pas oublié, qu'elle me montre qu'elle ne m'avait pas déjà chassée de son esprit, qu'elle me donne l'espoir – même infime – d'être intéressée. Je me languissais d'entendre à l'autre bout du fil sa voix douce qui me manquait, mais préférai patienter encore un peu. Après tout, je n'étais plus à ça près. Il était onze heures et demie sur la nouvelle horloge digitale du magazine et je me laissais jusqu'à la fin d'après-midi pour me décider à l'appeler si elle ne l'avait pas encore fait. Je trouverais bien à m'occuper entre-temps, mon bureau regorgeait de travail non fait après mes trois jours d'arrêt, à commencer par le bilan que Sonia m'avait réclamé. Je l'avais croisée à mon arrivée et elle s'était empressée de me demander un rapport détaillé sur l'avancée de mon dossier, comme si elle se doutait des activités clandestines que j'avais menées pendant mon arrêt. En bonne journaliste, elle avait toujours eu un flair hors pair, il faudrait donc que je redouble de vigilance avec elle pendant plusieurs jours. Je restai ainsi fermement sur mes gardes durant toute la pause déjeuner que nous prîmes ensemble, m'appliquant à apporter à ses multiples questions des réponses courtes et suffisamment vagues pour ne pas éveiller ses soupçons, mais à quatorze heures, sans que je m'y attende, elle me convoqua dans son bureau.

— Assieds-toi, me dit-elle d'une voix grave dès qu'elle me vit passer la porte du bureau.

J'étais tremblante et mal à l'aise.

— Que se passe-t-il ?

Elle me toisa, ce qui ne fit qu'accroître mon anxiété.

— J'ai malencontreusement répondu à un appel qui t'était destiné. Devines-tu qui c'était ?

— Euh, non, je…

Elle me coupa d'une voix froide.

— Tu devrais, pourtant. C'était le proviseur du lycée hôtelier qui souhaitait te remercier pour ton investissement de la semaine dernière dans son établissement.

Je m'efforçai de ne pas baisser le regard et de rester droite.

— Eh bien, oui, il a apprécié mon implication lors de la journée d'immersion…

— Tu devrais plutôt dire de *tes* journées d'immersion. Il a précisé qu'il aurait aimé te consacrer plus de temps vendredi, mais que son planning chargé l'en avait empêché. Sarah, je ne vais te le demander qu'une seule fois, fais donc bien attention à ce que tu vas me répondre : t'es-tu rendue au lycée alors même que je te l'avais formellement interdit ?

Je sentis mon dos se raidir et mes côtes s'enfoncer dans le dossier ajouré de la chaise.

— Tu m'avais autorisée à y aller sur mes heures de liberté…

Le visage de Sonia n'exprimait que de la colère.

— Tu t'y es déplacée pendant que tu étais en arrêt ! Quelle explication trouves-tu à cela ? C'est une faute grave ! s'insurgea-t-elle.

— Je me sentais mieux en fin de semaine, je voulais avancer dans mon travail, balbutiai-je en prenant conscience de la mauvaise posture dans laquelle je me trouvais.

— Dans ce cas, pourquoi as-tu passé cette visite sous silence ? me demanda-t-elle sur un ton agressif.

— Je comptais l'inscrire dans le bilan que tu as sollicité et que je suis en train de rédiger, lui dis-je dans une ultime tentative pour me sauver de cette situation désespérée.

Mais elle n'était pas dupe.

— Ben voyons… Sarah, on sait toutes les deux que tu as menti, me dit-elle en me mettant devant le fait accompli. Tu me déçois profondément et tu m'obliges à signaler cet incident, ajouta-t-elle.

— Sonia, je…

— Ne dis plus un mot, ce serait inutile, ordonna-t-elle.

À cette seconde, si j'avais pu, j'aurais quitté son bureau en courant. Je n'avais jamais eu aussi honte de toute ma vie et je réalisai à cet instant où tous mes mensonges m'avaient menée. J'aurais dû me douter que la vérité se serait sue un jour ou l'autre, j'avais été naïve de croire que mon plan pourtant si longuement échafaudé réussirait. Si seulement le proviseur n'avait pas téléphoné… Je n'aurais jamais cru qu'un simple appel aurait pu me discréditer. Pas comme ça, pas maintenant. Je ne voulais pas ternir la joie que j'éprouvais d'avoir revu Caliéor ni l'espoir qu'elle appelle, que je nourrissais encore.

Le reste de l'après-midi, je tentai donc de me concentrer sur mon travail en faisant abstraction de la discussion houleuse que je venais d'avoir avec Sonia, sans penser aux conséquences. Je n'attendais plus qu'une seule chose : que Caliéor prenne contact avec moi. Mais à dix-sept heures trente, alors que je savais que ses cours de la journée étaient terminés, mon téléphone restait toujours désespérément muet. Après avoir mis un peu d'ordre sur mon bureau et avoir déposé sur celui de Sonia le rapport qu'elle ne cessait de me réclamer et qui scellerait mon sort quel que soit ce que j'y avais raconté, je rentrai chez moi, nerveuse, perturbée, agacée.

Dans la cuisine que je n'avais pas eu le temps de ranger, je me préparai une tasse de thé pour faire redescendre toute la tension qui me tenaillait. Le liquide trop chaud me brûla la gorge, comme une sorte de punition face à mes actions. Dans un élan de violence, je jetai alors le reste du contenu dans l'évier qui s'encrassait et saisis mon téléphone posé sur le bord de la table, bien décidée à joindre Caliéor. Une fois le numéro composé, j'entendis une sonnerie, puis deux, puis trois et son répondeur ne s'enclenchant pas, je ne raccrochai pas.

Soudain, je perçus un déclic et une voix lointaine me parvint.

— Allô, qui est à l'appareil ? dit-elle de sa voix douce.

— Bonjour, c'est Sarah, la journaliste.

Elle s'excusa d'entrée.

— Je suis navrée, j'ai complètement oublié de vous recontacter !

— Je me doute que vous avez fort à faire, mais j'ai vraiment besoin de votre compte-rendu, il ne me manque plus que le vôtre, lui dis-je en reprenant le même prétexte que celui que j'avais utilisé l'autre jour pour lui parler.

— Eh bien, disons que ce Grand Salon de l'Hôtellerie a le mérite d'avoir été organisé par des professionnels expérimentés qui se sont montrés à l'écoute de nos élèves et qui ont fait preuve d'une patience infinie face aux salves de questions qui leur ont été posées. Les *stands* étaient facilement accessibles et bien exposés, les représentants étaient nombreux et nos élèves ont apprécié cette journée. Cela vous va-t-il ?

— Euh, oui, c'est parfait !

Je pris une profonde respiration et poursuivis :

— Pour vous remercier, je vous invite à prendre un café au même endroit que la dernière fois, il aura un autre goût que celui du distributeur du lycée, lui dis-je en riant pour masquer mon souffle entrecoupé et les tremblements de mes jambes, qu'elle ne pouvait heureusement pas percevoir.

— Vous n'avez pas à me remercier et je n'ai malheureusement pas le temps de prendre un café maintenant, me dit-elle d'une voix plate.

— Vous êtes prise ce soir, je comprends. Ça ne fait rien, fixons un autre jour !

— Non, désolée, je suis débordée, je ne peux vraiment pas, appuya-t-elle d'une voix ferme.

Puis elle me souhaita une bonne soirée et raccrocha sans plus attendre, me laissant toute penaude.

J'étais désemparée et blessée au plus profond de ma chair, je ne m'attendais pas à ce qu'elle rejette ma proposition de cette façon. Je pensais qu'elle se raviserait ou qu'elle me dirait qu'il lui fallait consulter son calendrier, mais au lieu de cela, elle s'était montrée si froide et si catégorique… Je n'arrivais pas à croire qu'elle venait de mettre un point final à une histoire qui, certes, n'avait pas même commencé et je dus me pincer pour me prouver que cet appel avait bel et bien eu lieu.

Tout était terminé, mais je ne voulais pas me l'avouer. La blessure morale qu'elle m'infligeait allait mettre du temps à se refermer, mais je n'étais néanmoins pas prête à renoncer aussi soudainement à elle. Au fil des jours et des semaines, elle était devenue ma raison d'avancer. Je vivais pour elle et à travers elle, jamais je ne laisserais se scléroser cet amour qui m'animait. Caliéor agissait sur moi comme un stimulus vital à mes fonctions cérébrales, comme une drogue dont j'avais constamment besoin et dont la dose quotidienne devait être augmentée pour obtenir toujours les mêmes effets. Je me repaissais du souvenir de son image, qui me transportait, et de sa voix, qui m'apaisait. J'étais dépendante d'elle, elle était mon addiction la plus sombre, la moins avouable et la moins contrôlable.

Chapitre 9

2 mars

Cette journée était maussade et triste à souhait. En plus du vent qui s'était levé et du brouillard qui prenait lentement possession de la ville, l'ambiance au magazine était détestable. Sonia ne m'adressait plus la parole depuis la veille et mes agissements étaient arrivés aux oreilles de mes autres collègues, qui avaient, eux aussi, préféré prendre leurs distances. Je me sentais bien seule dans mon petit bureau que tous prenaient le soin d'éviter, j'avais l'impression qu'on me mettait à l'écart pour que je me retrouve face à mes péchés. Peut-être pensait-on que l'isolement me permettrait indirectement de les expier… Je tentai donc de deviner par lequel on me demanderait de commencer. La gastro-entérite simulée dans le cabinet du médecin ? Le faux arrêt présenté à l'Assurance Maladie et à mon patron ? Les mensonges que j'avais dû raconter à Sonia ou ceux que j'avais servis aux enseignants et au proviseur du lycée ? À moins que quelqu'un ne m'ait percée davantage à jour et considère que Caliéor était le plus grand de mes péchés. Car oui, je l'avais d'abord rêvée timidement puis aimée secrètement et sans retenue après en avoir accepté l'idée. Oui, elle m'avait fragilisée en cassant tous mes codes et m'avait changée. Mais non, pour rien au monde je ne m'en voudrais. Plus maintenant. Jamais plus je ne laisserais mes doutes et les convenances sociales me priver du bonheur d'aimer qui l'on veut sans compter. C'est d'ailleurs sur ces certitudes que je poursuivis paisiblement mes activités de journaliste esseulée. Je rangeai, triai, annotai, rédigeai, relus et corrigeai des heures durant en me demandant combien de temps encore on me tiendrait sur le banc de touche. Malheureusement, je n'allais pas tarder à être fixée.

En fin de journée, alors que je rentrais du travail après un détour par ma boulangerie favorite pour y acheter un petit remontant sucré, je tombai sur un pli qui dépassait de ma boîte aux lettres encombrée de publicités : un avis du facteur qui n'avait pu me trouver pour me remettre un recommandé. Aucune indication sur l'expéditeur. Juste une date et une heure de retrait possibles au bureau de poste que je ne fréquentais jamais : dès le lendemain, neuf heures.

3 mars

Je me levai du mauvais pied, après une nuit passée à cogiter. Ce courrier m'intriguait et j'avais bien l'intention de le retirer avant d'aller travailler, quitte à laisser mon habituelle ponctualité de côté. Je sautai donc dans mon pantalon dont le bouton commençait à me lâcher, attrapai au vol la *lunch box* dans laquelle j'avais fourré les restes du dîner de la veille et partis en coup de vent.

Arrivée au bureau postal, il était clair que je ne pouvais plus espérer commencer le travail à l'heure. Une file gigantesque s'était formée et attendait l'ouverture du guichet. Douze personnes, toutes plus pressées les unes que les autres. De quoi me faire gamberger sur le contenu du recommandé. Me prévenait-on d'un loyer impayé alors que je l'acquittais pourtant toujours sans faute? Me réclamait-on un trop-perçu d'argent que je n'avais pas touché? Allait-on m'annoncer que j'avais gagné le premier prix d'un jeu-concours auquel je n'avais pas joué? Résiliait-on l'un de mes abonnements sans que je l'aie demandé? Me signalait-on des découverts bancaires non autorisés?

Mon imagination allait bon train lorsque vint enfin mon tour. Machinalement, je signai l'accusé de réception, puis m'attardai sur l'enveloppe. Crème, en papier vélin, comme celles utilisées par Edu'Mag. Ma gorge se serra. Il ne pouvait pas y avoir de coïncidence. Je regardai alors le logo imprimé dans le coin supérieur gauche et il n'y eut plus de doutes. Je sortis du bureau de poste et réalisai que je tremblais, mais pour une fois, le froid du matin n'y était pour rien. Si le magazine avait pris la peine de m'envoyer une lettre recommandée, ce n'était pas pour me convier à un gala de charité. J'avais peur de ce que je lirais à l'intérieur, je craignais que ce courrier sonne une fin tragique que je n'aurais pas déméritée.

Fébrile, j'eus besoin de m'asseoir sur les marches humides de l'église qui se dressait face au bureau postal et de respirer profondément avant de trouver le courage d'ouvrir la petite enveloppe que je tenais et retournais entre mes doigts. À la vue de la signature large et appuyée apposée au bas de la courte lettre dactylographiée, mon cœur se pinça. C'était celle du « grand patron », le directeur d'Edu'Mag dont le caractère cruel, autoritaire et colérique avait fait fuir plus d'un salarié. Ce dernier me convoquait à un entretien dont la nature n'était que trop évidente. On y était, j'allais officiellement devoir répondre de mes actes et affronter la tempête tropicale qui s'abattait sur moi. Les yeux embués, je me relevai et pris d'un pas chancelant la direction du magazine. Cette journée, ainsi que les trois à venir, s'annonçaient particulièrement angoissantes, l'entretien n'étant fixé qu'au début de la semaine suivante.

8 mars

Démolie, dévastée, atterrée, écœurée. C'est ce que j'étais après l'entrevue de la veille. J'avais subi une avalanche de reproches si crus que je ne m'étais même pas défendue. Je n'aurais de toute manière pas pu le faire tant les critiques s'étaient déversées en un flot violent qui ne m'aurait laissé ni le temps ni la possibilité de les contrecarrer. Sans oublier que les faits étaient fondés et avérés, il aurait ainsi été parfaitement inutile de tenter de me justifier. J'avais tout encaissé sans me démonter et avais attendu de quitter le bureau du directeur pour m'effondrer. Les larmes m'étaient montées aux yeux plus vite qu'une grande marée et avaient déferlé en un torrent qui avait inondé mon visage défait. La pression et la tension que mon corps avait accumulées ne s'étaient relâchées qu'après l'assèchement total de toute cette pluie lacrymale et c'est le cœur noyé sous les réprimandes que je m'en étais retournée travailler.

En cette journée internationale des droits des femmes, que le magazine célébrait par la parution d'un article spécial sur l'égalité entre filles et garçons en matière d'accès à l'éducation, j'avais juste droit de me terrer dans mon bureau en attendant la sanction. La direction s'était octroyé un délai de réflexion sur la suite à donner, sans dévoiler vers quoi elle tendait. Je ne savais pas précisément ce que je risquais et c'est bien cela qui m'inquiétait. J'avais ramé pour être recrutée par ce géant de la presse spécialisée, je ne tenais donc pas à faire partie de ces naufragés qui avaient préféré mettre les voiles pour échapper à l'ouragan qui les menaçait. Moi, Sarah, j'assumerais.

Chapitre 10

10 mars

La fatigue nerveuse m'avait contrainte à poser un jour de congé. J'avais refusé l'arrêt proposé par le médecin que j'avais consulté de peur de m'attirer à nouveau les foudres de mon patron en semant le doute dans son esprit déjà bien irrité, d'autant qu'il ne m'avait toujours pas communiqué sa décision quant à mon avenir au magazine. J'avais toutefois accepté la prescription d'anxiolytiques légers pour m'aider à surmonter cet état de faiblesse que j'espérais passager.

La matinée était bien entamée, mais je n'avais pas encore trouvé la force de me lever de mon canapé. J'avais passé deux heures à m'abrutir de jeux télévisés, enveloppée dans mon *plaid* à carreaux épais, un bol de céréales que je grignotais posé en équilibre sur le gros coussin qui me servait parfois d'oreiller.

Lassée, j'étais sur le point de chercher la télécommande qui avait disparu du repose-pieds quand on sonna à ma porte. Encore en pyjama, j'hésitai dans un premier temps à aller voir de qui il s'agissait, puis me décidai à attraper mon manteau, qui traînait sur le bout de canapé, l'enfilai hâtivement tout en quittant mes vieilles pantoufles et actionnai le loquet de la porte, fragilisé par les coups de poing d'un voisin rentré un jour d'une soirée très imbibée. Derrière se tenait un facteur visiblement impatient de terminer sa tournée, le stylo dégainé pour remplir l'avis de passage qu'il s'apprêtait à déposer dans ma boîte aux lettres, que je n'avais toujours pas vidée de ses publicités. En me voyant, il dut se raviser et me tendit le stylo pour que je signe l'accusé de la lettre recommandée qu'il tenait. Encore une petite enveloppe crème. Décidément, Edu'Mag faisait tout dans les règles de l'art et ménageait le suspense avec brio et cruauté. Qu'allait-on m'annoncer cette fois-ci ?

Le facteur parti, je n'attendis pas de regagner le canapé pour déchirer le haut de l'enveloppe et en sortir la lettre que, dans mon empressement, j'écornai. Debout, devant le petit miroir de l'entrée que le vent qui s'infiltrait par la porte que j'avais mal refermée faisait balancer, je me mis à lire la sanction qui avait été prise contre moi. Un avertissement, un simple avertissement ! J'étais soulagée, même si je savais que je devrais désormais filer droit sous peine de voir mon emploi à nouveau menacé. Je n'étais pas fière de toute cette histoire, mais je ne regrettais pas. Je l'avais fait pour *elle*. Elle qui m'avait fait sortir des sentiers battus, elle qui m'avait transpercé le cœur, elle pour qui je vivais, elle qui me manquait. Treize jours que je ne l'avais pas vue, dix que je n'avais pas entendu le son de sa voix. Mes mains, ma chair et mon sang avaient soif de son corps. Mon être tout entier la réclamait, j'avais besoin d'elle. Caliéor, Cali, ma chérie, je rêvais de toi, encore…

Midi approchait, j'avais fini par m'habiller. Les vingt degrés de la pièce et l'eau bouillante de la douche sous laquelle je m'étais prélassée n'avaient pas suffi à me réchauffer. J'avais superposé un pull en jersey et un gilet large à grosses mailles, les seuls habits chauds qui n'avaient pas atterri dans le panier à linge sale, dont je ne m'étais pas occupée depuis une éternité.

Bien emmitouflée, assise face à la fenêtre, je contemplais la vie qui passait dehors tout en songeant à Caliéor. Je me demandais ce qu'elle faisait, elle, au moment même où je pensais à elle. Je fermai alors les yeux et me laissai emporter par une somnolence presque léthargique, bercée par le souvenir fantasmatique de sa peau nue qui agissait sur moi comme un puissant anesthésique. Mon esprit perdit toute notion d'espace et de temps et je me réveillai, le ventre famélique, le cerveau cotonneux, un voile pâle qui flottait devant les yeux. Je transpirais et ma respiration saccadée me laissait à penser qu'une apnée m'avait fait émerger de mon sommeil. Le jour déclinait et il me semblait que l'après-midi qui venait de s'écouler n'avait existé qu'hors du temps. J'avais les idées tellement embrouillées que je me demandais si Caliéor n'était pas que le fruit de mon imagination, le produit d'un rêve fécond qui se serait déroulé sur des jours entiers mais qui n'aurait duré en réalité que le temps du somme que j'avais fait.

Lentement, je me relevai en prenant appui sur le petit buffet que j'avais acheté sur un coup de tête l'été précédent, fis quelques pas déséquilibrés, butai sur la télécommande que j'avais égarée et m'affalai de tout mon long sur le parquet. Les genoux endoloris, je me redressai en me tenant au canapé et m'assis. À la vue de la lettre recommandée que j'avais lue en fin de matinée et que j'avais posée sur l'accoudoir avant d'aller me doucher, tout me revint aussitôt. Caliéor était bien réelle.

Caliéor… Je murmurai son prénom, qui glissa sur mes lèvres comme du miel, et la sensation de manque à l'évocation de son nom me saisit à nouveau. D'un seul coup, je fus prise de ce même vertige amoureux que j'avais ressenti lorsque je lui avais parlé après mon déjeuner au lycée. Je la désirais si fort que mon corps irradiait et je sus alors que je ne supporterais pas d'être loin d'elle plus longtemps. Je la voulais près de moi, avec moi.

Il était déjà dix-neuf heures, l'agitation extérieure s'était calmée, chacun rentrait dans son foyer, mais moi, j'avais décidé de sortir pour la retrouver. Elle ne m'avait jamais dit où elle habitait, mais je savais où elle travaillait et surtout, je me souvenais qu'elle terminait tard ce jour-là parce qu'elle encadrait le service du soir du restaurant pédagogique du lycée. Je comptais donc m'y rendre, bien que je n'aie pas réservé. Cette fois-ci, le magazine ne pourrait rien me reprocher, j'y allais en tant que cliente, sur mon temps libre, pendant cette journée de congé que je me félicitais finalement d'avoir dû poser.

Dix-neuf heures quinze

La nuit était tombée et je venais d'arriver devant la grille du lycée. Le petit portillon était fermé à clé et pas une âme n'entrait ni ne sortait, les lieux semblaient totalement désertés. Anxieuse, je patientai quelques minutes sous la bruine qui faisait boucler mes cheveux lissés, puis pressai le bouton de l'interphone, qui émit un son strident suivi d'une longue sonnerie qui résonna dans le silence de la nuit. Personne n'y répondit, j'essayai encore. Toujours rien, j'appuyai de plus belle. Le froid s'installait et la pluie fine commençait à mouiller sérieusement le dessus de mes bottines. En vain. J'allais renoncer lorsqu'une petite voix déformée et entrecoupée par les grésillements de l'interphone me parvint.

— C'est pour quoi ? crachota la voix.

— Je viens pour dîner au restaurant pédagogique, répondis-je avec assurance.

— Vous avez réservé ? s'enquit-elle.

— Non, mais il doit bien vous rester une place, lui dis-je. Je suis seule et me ferai toute petite, garantis-je.

— Désolée, nous sommes complets et ne recevons que sur réservation. La prochaine fois, téléphonez, nous prendrons votre nom, me répondit-elle sèchement en raccrochant immédiatement.

Cette voix qui ne s'était même pas identifiée venait de me refouler et je me retrouvais, à moitié trempée et frigorifiée, contrariée et frustrée, les bras ballants de déception, devant ce lycée dont on m'avait refusé l'accès. Impuissante, j'avais l'impression de faire face à un mur que toute une armée n'aurait pu faire céder et je ne pouvais m'empêcher de penser que Caliéor, elle, était de l'autre côté.

Sans possibilité de pénétrer dans l'enceinte sécurisée du bâtiment, je rebroussai chemin amèrement en longeant rageusement la grille de l'établissement. Le hall d'entrée et les bureaux du rez-de-chaussée étaient plongés dans le noir complet et à force de m'éloigner, le lampadaire du portillon finit par ne même plus éclairer mes pieds. De ce fait, j'avançai prudemment et bifurquai légèrement pour passer devant la deuxième aile du lycée. De la lumière jaillissait des baies vitrées du troisième étage et se distillait dans la nuit sans bruit. De là où j'étais, je n'apercevais que des silhouettes floues qui s'animaient sous les ampoules des plafonniers, comme dans un élégant jeu d'ombres.

Je m'approchai, intriguée, et distinguai alors des élèves endimanchés qui s'affairaient autour de clients attablés. La petite salle de restaurant se dévoilait sous mes yeux dans toute sa longueur et m'offrait le plus beau des spectacles. Caliéor se tenait près de la fenêtre et regardait dehors, l'air perdu dans son propre reflet, que l'éclairage intérieur créait sur la vitre. Elle ne pouvait pas me voir dans l'obscurité qui m'enveloppait, j'étais protégée.

Ravie par cette opportunité que la nuit me donnait, je m'adossai au tronc froid de l'un des gros peupliers qui bordaient la petite rue du lycée et me mis à la contempler. Elle était lumineuse dans son petit ensemble bleu et si elle ne m'avait pas parlé de ses déceptions amoureuses, le sourire qu'elle arborait face aux clients aurait laissé croire qu'elle était heureuse.

Pendant plus de deux heures, sous la pluie qui me glaçait, je me délectai de ses formes délicates, bus ses gestes en les faisant miens, happai les mots que je voyais se former sur sa bouche maquillée et me réchauffai à l'idée de ses bras qui m'enlaçaient, de ses lèvres qui me couvraient de doux baisers et de ses mains qui caressaient mon corps transi d'amour pour elle. Caliéor me transperçait, m'émerveillait, me subjuguait, me faisait aimer et rêver comme il ne m'était jamais arrivé, mais derrière ces fenêtres que les gouttes d'eau troublaient, elle me rendait prisonnière de mon désir et de mes sentiments qui grandissaient chaque minute un peu plus pour elle.

Je l'observais encore et encore sans pouvoir défaire mon regard d'elle. Elle me tenait, avec ses grands yeux profonds et son parfum qui sentait si bon, j'étais à elle. Oui, si elle le voulait, si elle me le demandait, elle pouvait m'avoir pour elle. Elle n'avait qu'à ouvrir l'espace de ses bras pour tout construire avec moi, comme le disait si joliment Cabrel dans cette chanson qui semblait avoir été écrite pour elle. J'avais envie de lui crier mon amour, de la serrer contre moi, mais j'étais là, dehors, le dos meurtri par l'écorce dure de ce peuplier qui paraissait absorber toute ma peine et pliait sous le vent et le poids des années.

Dans la nuit humide, je la voyais, belle comme le jour à travers ces baies vitrées, insaisissable, intouchable, et j'enviais tous ces clients à table qui pouvaient, à leur guise, lui parler. En particulier cet homme qui, à deux reprises, l'avait hélée, avait échangé quelques mots avec elle, s'était attardé sur ses courbes féminines et lui avait pris la main, mine de rien. Elle lui avait souri et ne l'avait pas repoussé. Intérieurement, je bouillonnais. Cet homme ne pouvait pas l'intéresser, il ne pourrait jamais l'aimer autant que moi, il ne pouvait pas m'ôter la seule chose pour laquelle je vivais. Il n'en avait pas le droit, non, je ne lui en donnais pas le droit. C'est ce que je dirais à Caliéor lorsqu'elle sortirait. Cet homme ne pourrait jamais la rendre aussi heureuse que moi. Je lui avouerais tout ce que je ressentais pour elle, il le fallait ou je la perdrais.

Il était presque vingt-trois heures, elle ne tarderait plus, j'allais enfin pouvoir la persuader que j'étais faite pour elle.

Minuit

Toutes les tables s'étaient vidées et avaient été débarrassées. Les deux derniers clients venaient de quitter l'établissement et les élèves – serveurs et cuisiniers – avaient été remerciés depuis un bon moment. Il ne restait plus que Caliéor qui terminait d'arranger le bouquet de tulipes rouges qui trônait sur le bar du restaurant.

J'étais engourdie par le froid et l'attente, affamée et trempée jusqu'aux sous-vêtements par les averses de pluie qui avaient cependant fini par cesser, mais je ne comptais pas la laisser partir sans lui parler. Je la voyais maintenant qui revêtait son long manteau et attrapait sa petite valise. Elle serait bientôt là. À la fois euphorique et terrifiée, je ne clignais même plus des yeux, j'avais bien trop peur de la perdre de vue. À présent, elle me tournait le dos et se dirigeait vers le fond du restaurant, dont je n'apercevais que le haut des murs blancs. Soudain, toutes les lumières s'éteignirent, je n'étais plus éclairée que par les étoiles qui brillaient dans le ciel qui s'était dégagé. Puis à nouveau, une lumière, celle du couloir du deuxième étage. Puis une autre, au premier, et une dernière, dans le hall d'entrée. Caliéor arrivait. Je l'entendais faire rouler sa petite valise sur l'allée goudronnée qui menait au portillon fermé du lycée. Elle le déverrouilla, le passa et prit la direction du parking, où seules nos deux voitures étaient garées. J'avais abandonné mon poste d'observation avant qu'elle n'atteigne le rez-de-chaussée et marchais maintenant à grands pas pour la rejoindre, en tentant de ne pas m'empêtrer les pieds dans le bas large de mon pantalon mouillé et alourdi par la pluie. Je courais presque, elle n'était plus qu'à quelques mètres de moi.

— Attendez! lui criai-je, à bout de souffle, en terminant ma course.

Elle sursauta, s'arrêta net, lâcha sa valise et se retourna, apeurée.

— Vous? Que faites-vous ici à cette heure-ci? me demanda-t-elle en me dévisageant des pieds à la tête, effrayée par mon aspect souillé.

— Je me promenais quand je vous ai vue…

Sur le moment, c'est tout ce que je trouvai à lui répondre, je ne voulais pas la paniquer davantage en lui disant que je l'attendais.

— Cela vous arrive souvent de vous promener à une heure pareille, dans la nuit noire?

Je mentis à nouveau.

— De temps en temps, quand le sommeil ne vient pas.

— On vous croirait sortie de la douche! lâcha-t-elle.

— J'ai été surprise par une averse, ce n'est rien.

Elle fouilla dans son sac à main.

— Vous devriez rentrer chez vous. Je vais d'ailleurs m'appliquer ce conseil à moi-même. Il est tard et je suis exténuée, me dit-elle en sortant sa clé de voiture de son sac.

— C'est étrange, c'est comme une mélodie qui se répète...

— Je vous demande pardon ?

— Rentrer chez moi, c'est déjà ce que vous m'aviez conseillé de faire après mon malaise au restaurant. Vous vous souvenez ?

— Oui, peut-être.

— Vous ne pouvez pas avoir oublié, vous êtes en partie responsable...

Ses yeux s'agrandirent d'étonnement.

— Comment cela ?

— Vous étiez la cause de mon malaise, lui soufflai-je en lui effleurant le bras.

— C'est insensé. Maintenant, excusez-moi, j'aimerais rentrer chez moi, me lança-t-elle sèchement en attrapant la poignée de sa petite valise et en reprenant le chemin du parking.

Je la suivis.

— Attendez ! Je voudrais vous expliquer ! m'écriai-je.

— M'expliquer quoi ?

— Vous ne voulez pas savoir pourquoi vous êtes à l'origine du malaise que j'ai fait ?

— Non, je n'y suis pour rien, laissez-moi ! abrégea-t-elle en hâtant le pas.

J'attrapai la manche de son manteau.

— Vous ne voulez pas savoir, très bien, mais je vais quand même vous le dire et vous allez m'écouter! tempêtai-je.

Surprise par mon ton dur, elle se tourna vers moi et me regarda, agacée.

— Que me voulez-vous, à la fin?

Nous venions d'arriver sur le parking et n'étions plus qu'à quelques mètres de sa voiture. Elle s'apprêtait à en actionner la télécommande, mais je la retins en posant ma main sur la sienne.

— Vous m'avez troublée, lui dis-je sans détour.

Elle écarquilla les yeux.

— Vous ne vous êtes donc aperçue de rien? la questionnai-je.

— Je ne suis pas certaine de tout saisir…

— Bien sûr que si, vous comprenez, lui dis-je en m'approchant si près d'elle que je pouvais sentir la chaleur de son souffle. Vous ne m'avez jamais laissée indifférente, repris-je clairement pour ne plus laisser place au doute.

— Je… Je n'avais rien vu, je vous assure, bredouilla-t-elle d'un air contrit.

— Vous n'aviez pas perçu que je tremblais quand je vous parlais? Vous n'aviez pas vu mes yeux qui s'illuminaient lorsque je vous regardais? Vous ne vous étiez jamais demandé pourquoi je cherchais à passer du temps à vos côtés ? Vous ne vous étiez jamais dit qu'en vous proposant d'aller boire un café, j'avais envie de savoir qui vous étiez ? Jamais je n'aurais pensé être attirée par une autre femme, vous m'avez bouleversée, vous m'avez torturé l'esprit et rendue honteuse, j'ai essayé de lutter mais je vous ai désirée, je me suis attachée à vous sans rien savoir de vous, puis je vous ai aimée passionnément et cet amour pour vous ne m'a toujours pas quittée, lui avouai-je finalement, pour mon plus grand soulagement.

Elle tressaillit, mais personne n'aurait su dire à ce moment-là si c'était de froid ou d'émotion. Je passai alors mes doigts dans ses cheveux ondulés que le vent rabattait sur ses yeux stupéfaits. Elle eut un mouvement de recul.

— Je suis sincèrement désolée, je ne ressens rien pour vous et je ne peux pas vous donner ce que vous voulez, me dit-elle dans un murmure d'excuses.

— Vous pourriez apprendre à m'apprécier…

— L'amour ne fonctionne pas ainsi, argua-t-elle.

— L'amour n'a pas de loi, croyez-moi ! Je n'ai pas voulu vous aimer, mais c'est arrivé ! Je vous en prie, laissez-moi vous aimer, la suppliai-je.

Elle déverrouilla sa voiture avec la télécommande qu'elle n'avait pas cessé de triturer.

— Impossible et impensable! me répondit-elle durement.

Je tentai de la convaincre.

— Je vous aiderai, on prendra le temps et vous y arriverez.

Elle secoua la tête.

— Cette discussion devient ridicule. Partez, maintenant, je veux rentrer, dit-elle en ouvrant la portière arrière du véhicule pour y déposer sa valisette.

— Je pense à vous sans arrêt depuis que je vous ai rencontrée, je ne dors plus, je ne vis plus. Allez-vous véritablement me laisser dans un tel désarroi?

— Vous vous êtes enfermée toute seule dans cette situation, je suis donc persuadée que c'est seule que vous trouverez les clés pour vous en sortir, me dit-elle froidement.

— Non, j'ai besoin de vous! clamai-je en l'attirant dans mes bras.

Elle me repoussa violemment contre la carrosserie de sa voiture. La tôle dure me paralysa le dos un instant, mais la douleur n'était pas aussi forte que celle de mon cœur, qu'elle venait de briser entièrement.

Caliéor me rejetait. Elle ne voulait pas de moi. J'étais anéantie et je la regardai, l'air ahuri, monter précipitamment dans sa petite citadine. Elle allait partir. L'idée de la perdre pour toujours me tétanisait, mais dans un ultime effort, je réussis à me ressaisir et m'agrippai à son bras gauche, qu'elle tendait pour refermer la portière. Elle hurla. Son cri fendit la nuit et m'anima d'un désir irrépressible. Brusquement, je l'enjambai avec agilité, m'assis sur ses genoux face à elle et l'immobilisai de mes deux mains contre le dossier de son siège. Je voulais la calmer et lui dire à nouveau tout l'amour que j'avais pour elle, mais ses hurlements stridents m'en empêchaient. Sans réfléchir, je l'embrassai avec fougue pour la faire taire, mais elle mordit ma lèvre et agita la tête dans tous les sens. Je la collai alors davantage au fond du siège avec mon torse, qui se contracta d'envie, attrapai d'une main son foulard en soie qui traînait sur le siège passager et le plaquai sur sa bouche et sur son nez, mes coudes en appui sur ses épaules. Immédiatement, elle se débattit encore plus vigoureusement, ses jambes s'agitèrent avec frénésie et elle se mit à donner de violents coups de pied dans les pédales. Pour la maintenir encore plus fermement, je l'enserrai de mes cuisses musclées par trois ans de karaté et bloquai mes hanches contre les siennes, qu'elle remuait bestialement. Dans une douleur atroce, ses ongles me laminèrent le visage et s'enfoncèrent dans la chair de mon cou. Elle m'assena ensuite de sauvages coups de poing qui résonnèrent dans ma tête et m'ébranlèrent mais mes mains restèrent solidement appliquées sur sa bouche et son nez. Ses yeux terrifiés me suppliaient d'arrêter, je voyais sa poitrine se convulser et sa gorge se contracter, mais je continuais d'appuyer de toutes mes forces en écoutant les cris étouffés qu'elle ravalait. Certaine qu'elle céderait, je lui adjurai de se raviser en lui promettant de la libérer si elle acceptait d'apprendre à m'aimer. Elle lutta d'abord un moment, puis je sentis son corps s'abandonner doucement à moi. Elle paraissait enfin s'être raisonnée, j'allais pouvoir aimer et être aimée comme je l'avais toujours désiré. Transportée de joie, je respirai avec délice son parfum, qui s'échappait du foulard que je tenais maintenant sur son cœur, lui déposai sur le front un baiser plein de tendresse et lui souris, tout en la contemplant avec bonheur. Elle était belle et ne cherchait plus à me résister. Ses mains crispées m'avaient lâchée et ses grands yeux sombres me fixaient, parfaitement immobiles, tandis qu'une lueur de terreur animait encore son regard.

Seconde partie

Chapitre 1

21 mars

Neuf heures
Service régional de police judiciaire de Lille

— Salut, Phil ! Alors, ces congés forcés ? s'enquit Mathias en voyant son collègue passer la porte d'entrée du SRPJ.

Philippe se délesta de son manteau.

— M'en parle pas ! Alité trois semaines, c'est pas des vacances ! Je suis content de reprendre le boulot.

— T'es sûr de tenir le coup ? Tu boites encore et tu as une tête à faire peur, fit remarquer le jeune capitaine.

— Ça va aller. Dis-moi plutôt ce que j'ai manqué !

— Ben, pas grand-chose, la routine. Des transferts de dépôts de plainte à la pelle, des permanences d'un ennui mortel, tout ce qu'on aime, quoi…

Philippe rit.

— Tu sais donner envie, toi !

De l'index, Mathias se gratta la tempe.

— Ah si, j'oubliais! Une famille a signalé une disparition inquiétante samedi dernier. On est sur le coup.

— Eh bien voilà de quoi s'occuper! Enfin un peu d'action! se réjouit Philippe.

— Ça m'a l'air sérieux, faut pas plaisanter!

— Tu me briefes?

Le capitaine, qui n'avait pas les idées claires après sa soirée très arrosée de la veille, rassembla le peu de matière grise qu'il lui restait en ce début de matinée.

— Une femme, la trentaine, pas vue depuis une dizaine de jours, injoignable par la famille, son employeur confirme qu'elle ne vient plus au travail. On a lancé un avis de recherche.

Philippe se frotta les mains de satisfaction.

— J'ai comme l'impression d'arriver juste à temps!

— On attendait ton retour avec impatience. Tu n'as pas été remplacé pendant ton arrêt et ça devenait compliqué. Tu vas pouvoir te rattraper, commandant! lui lança Mathias en lui remettant le maigre dossier d'enquête.

— On en est où? questionna Philippe.

— Pour l'instant, rien de très concret. On a cherché à contacter la jeune femme, sans succès, elle ne répond ni chez elle ni sur son portable. On a interrogé ses proches, elle se serait volatilisée du jour au lendemain.

— Tu penses à une disparition volontaire ?

— Difficile à dire pour le moment, on n'a pas assez d'éléments.

— Alors, creusons ! On a fouillé le domicile ?

— Les parents, qui ont le double des clés, affirment que leur fille n'a rien emporté. On ira y faire un tour avec l'équipe en début d'après-midi. Tu nous accompagnes malgré ta boiterie ? demanda Mathias, l'air soucieux.

— Et comment ! À partir de maintenant, je prends les choses en main ! assura le commandant en ouvrant la porte de son bureau, qu'il n'avait pas investi depuis son accident.

— Dans ce cas, bon retour parmi nous ! lui souhaita le capitaine en lui donnant une tape amicale sur l'épaule.

Philippe le remercia chaleureusement et s'installa pour prendre connaissance du dossier, qui lui rappelait de mauvais souvenirs. En vingt-quatre ans de carrière, il n'avait eu affaire qu'à un seul cas de disparition, qui l'avait profondément marqué. L'adolescente, disparue un soir de réveillon, n'avait été retrouvée qu'un an plus tard, par hasard, poignardée et enterrée dans un sous-bois reculé, sans qu'on puisse mettre la main sur son meurtrier.

Confortablement installé dans son fauteuil en cuir rembourré, sa jambe droite qui le faisait encore souffrir étendue sur l'assise d'une chaise pliante qu'il avait apportée, Philippe ouvrit le dossier constitué pour cette nouvelle affaire. Immédiatement, son regard se porta sur la photo de la jeune femme. Son visage souriant, son air doux et ses yeux pétillants ne donnaient pas l'impression de quelqu'un qui souhaitait disparaître volontairement. Mais en bon officier de police, Philippe savait qu'il ne devait pas se fier à l'intuition dont il était parfois saisi à la vue d'une simple photo. Il parcourut alors les notes que ses collègues avaient laissées pour lui et apprit que la jeune femme, décrite comme une personne tranquille et sans problèmes apparents, était originaire de Caen, mais habitait Lille depuis cinq ans. En se plongeant dans son parcours professionnel, Philippe fut surpris de lire qu'elle enseignait dans le lycée où son fils avait été scolarisé pendant deux ans avant d'emménager à l'autre bout de la France, chez sa mère – son ex-épouse –, dont il avait dû se séparer après une infidélité qu'il avait toujours regrettée. Philippe connaissait bien cet établissement, il s'y était rendu plusieurs fois pour assister aux réunions de parents, qu'il n'avait jamais ratées : c'était un bon père qui tenait à suivre la scolarité de son fils au plus près. Il se souvenait parfaitement des professeurs, qu'il lui arrivait encore de croiser dans la rue et qu'il saluait toujours malgré les années passées. Mais le visage de cette enseignante, lui, ne lui disait rien. Pas étonnant, le dossier précisait qu'elle n'y travaillait que depuis deux ans, or Philippe n'avait pas remis les pieds dans ce lycée depuis trois bonnes années. Songeur, il se dit que cet établissement était peut-être la clé pour trouver les réponses aux questions qu'il se posait. Pourquoi une jeune professeur à qui la vie semblait sourire chercherait à fuir ? Où avait-elle pu aller ? Beaucoup d'éléments manquaient, mais Philippe, persuadé qu'il fallait étudier de plus près la personnalité de la jeune femme, s'apprêtait à ordonner à son équipe de réinterroger la famille proche quand Mathias fit irruption dans son bureau.

— Désolé de te déranger, commandant, c'est important ! On vient d'avoir les résultats de l'analyse des bandes de vidéosurveillance du lycée, entama le capitaine.

Philippe s'énerva :

— Comment ça ? Tu ne m'avais pas dit qu'on avait réquisitionné ces bandes et ce n'est inscrit sur aucun procès-verbal !

Mathias s'excusa :

— Pardon, on n'a pas eu le temps. Le lycée nous les a fait parvenir ce matin à la première heure et les techniciens viennent juste de finir de les étudier, c'est tout frais.

— Bon, ça va, laisse tomber. Alors, qu'est-ce qu'elles racontent, ces bandes ? demanda le commandant avec empressement.

— Ben, d'après la caméra située dans le hall d'entrée du lycée, la jeune femme a été filmée pour la dernière fois vers minuit dans la nuit du 10 au 11 mars et elle n'a pas été revue au travail depuis.

Philippe prit un air assuré.

— Je t'explique ce qu'elle faisait la nuit dans cet établissement ou tu as saisi ?

— C'est un lycée hôtelier, elle effectuait le service du soir au restaurant avec une quinzaine d'élèves. Le directeur nous a confirmé son emploi du temps.

— On dit proviseur, Mathias, pas directeur, le reprit Philippe.

— Désolé, je ne suis pas très familier avec le milieu de l'enseignement, je n'ai pas d'enfant, dit le jeune capitaine en guise d'excuse.

— Il va pourtant falloir. Tu vas aller interroger les élèves qui faisaient le service et récupère aussi la liste des noms des clients présents ce soir-là, ils pourront peut-être nous apprendre quelque chose, exigea Philippe.

— À tes ordres, je m'y rends tout de suite ! répondit Mathias avant de tourner les talons.

— Attends une seconde ! Sais-tu comment est repartie la jeune femme ? demanda Philippe.

Mathias fit volte-face.

— Que veux-tu dire par « comment est repartie » ?

— Comment est-elle rentrée chez elle après sa soirée de travail au lycée ? L'a-t-on vue repartir à pied ?

— On ne sait pas, les techniciens disent que le champ de la caméra installée à l'entrée du lycée est très restreint, ça ne filme que les arrivées pour aider à l'identification des personnes au portillon. Après l'avoir franchi, l'enseignante se serait apparemment dirigée vers le parking qui est juste à côté de l'établissement, mais on ne peut rien vérifier : le parking n'est pas sous vidéosurveillance, il ne dépend pas du lycée, expliqua Mathias.

Le commandant grommela :

— Et quand comptais-tu me faire part de cette information ?

— Euh, je…

Philippe le coupa, exaspéré.

— C'est bon, file, tu as du pain sur la planche !

Pendant ce temps, bien que n'étant pas un expert en analyse vidéo, Philippe avait la ferme intention de voir les enregistrements dont Mathias venait de lui parler. Marc, son collègue et ami de toujours qui avait intégré quelques mois plus tôt le laboratoire d'analyses lillois du Service régional de l'informatique et des traces technologiques, ne pourrait pas lui refuser cette faveur. Philippe se leva donc de son fauteuil, sortit du bâtiment et, claudiquant, parcourut sur le boulevard les cent mètres qui le séparaient des locaux du laboratoire. Il monta ensuite les escaliers malgré la douleur lancinante qui lui traversait la jambe, longea un étroit couloir éclairé par la lumière agressive d'une rangée de néons qui clignotaient et entra dans le laboratoire, soulagé de pouvoir enfin s'asseoir.

— Eh, Phil, mon vieux, si tu m'avais dit que tu montais, je serais venu aider l'éclopé que tu es ! s'écria Marc en voyant le commandant passer les portes automatiques du laboratoire.

— Je te remercie mais je n'ai nul besoin d'un assistant ! Et ce n'est pas l'ami que je viens voir, mais le scientifique ! annonça d'emblée Philippe en attrapant une chaise sur laquelle il prit place lourdement.

— Raconte-moi tout ! lui dit le technicien, tout ouïe.

— Est-ce toi qui as analysé les bandes de vidéosurveillance dans le cadre de la disparition de Caliéor Hurrat ? lui demanda le commandant.

— Non, les enregistrements ont été envoyés au laboratoire de Marseille, c'est eux qui ont traité les images. Pourquoi ?

Philippe joignit les deux mains.

— J'aimerais y jeter un coup d'œil. Tu peux faire ça pour moi ? le pria-t-il.

— Pas de problème. Quelle séquence t'intéresse ?

— Celle où la jeune femme sort du bâtiment, le 10 mars, aux alentours de minuit.

— Tu sais qu'on n'a rien tiré de cette séquence ? C'est indiqué dans le rapport.

— Il paraît, mais je voudrais quand même la regarder. Le rapport ne m'est d'ailleurs pas encore parvenu, je n'ai eu qu'un compte-rendu oral de ce cher capitaine Mathias, qui est actuellement très occupé, répondit Philippe.

— Toujours aussi têtu ! Merci de ta confiance ! plaisanta Marc.

— Tatillon, pas têtu ! rectifia le commandant en riant.

L'analyste délaissa son ami une minute et apporta le disque dur sur lequel il avait copié les enregistrements.

— Tout est là, mais c'est du brut avant traitement. Je te cale la séquence et je t'abandonne, dit-il en connectant le disque à l'un des ordinateurs flambant neufs du laboratoire. Je t'ai aussi trouvé la copie du rapport, ça te fera gagner du temps, ajouta-t-il en posant le feuillet près de l'ordinateur.

— Mais qu'est-ce que je ferais sans toi ! le flatta Philippe dans un rire complice.

Une fois Marc retourné à son poste, son ami chaussa ses lunettes de vue, qu'il avait pensé à emporter dans la poche de sa veste, et lança l'enregistrement, aussi impatient et excité qu'un enfant qui s'apprêterait à visionner un dessin animé. Mais son engouement s'effaça bien vite, les images étaient sombres, l'enseignante n'y apparaissait que quelques secondes et il était absolument impossible de distinguer l'environnement. Philippe repassa la séquence et s'attarda cette fois sur le visage de la jeune femme. Il ne nota aucun signe d'anxiété. Elle ne semblait nullement effrayée, et encore moins menacée. Elle était tout au plus fatiguée et tirait péniblement derrière elle une valise de petite taille. Comptait-elle partir en week-end ou passer la nuit en dehors de chez elle ? Philippe détailla alors la tenue qu'elle portait. Un manteau simple, par-dessus un tailleur tout aussi classique. Sur ces bandes-vidéo en noir et blanc, on ne pouvait pas discerner la couleur des vêtements, ce qui chagrina Philippe, qui appela Marc aussitôt.

— Dis-moi, mon vieux, on ne peut pas améliorer la qualité, avoir du son et autre chose que des nuances de gris ?

Le technicien se moqua.

— Mais bien sûr ! Tu veux peut-être aussi la 4D ?

— Ça va, je demandais à tout hasard, mais j'ai compris, le labo a déjà fait le maximum. Je voulais juste voir la couleur de ses fringues et celle de sa valise.

— Oui, et la marque, pendant que tu y es ! Phil, les gars de Marseille ont déjà travaillé là-dessus et ça n'a rien donné, tu le sais bien.

— C'est bon, je vais me débrouiller autrement, marmonna Philippe.

— Ce n'est pas compliqué, il te suffit de récolter les témoignages des gens qui l'ont vue ce soir-là, ils t'indiqueront la couleur de ses vêtements. Quant à la valise, demande à ses collègues, ils sauront certainement.

— Sans vouloir te vexer, tu ne vas pas m'apprendre mon métier ! Mathias est en train d'interroger tout ce petit monde. Je l'ai envoyé prendre un bain de foule, on ne devrait donc pas tarder à avoir tous ces détails.

— Toujours aussi efficace même après trois semaines d'arrêt ! plaisanta Marc.

Le visage de Philippe s'assombrit.

— Je n'ai pas envie d'échouer, tu comprends ? Dans tout ça, il y a une famille qui se ronge les sangs et une femme qui est probablement en danger.

— Personne ne l'oublie et on remuera tous ciel et terre pour la retrouver, assura Marc.

Philippe se releva difficilement tant sa jambe lui causa une douleur presque paralysante lorsqu'il la plia, salua son ami d'une poignée de main énergique après l'avoir vivement remercié et quitta le laboratoire pour regagner son bureau. Il était midi passé et sa hâte de voir Mathias revenir se faisait de plus en plus pressante. Il décida qu'il l'attendrait pour le déjeuner, qu'ils prendraient ensemble, ce qui leur permettrait de débriefer sans perdre de temps.

À treize heures trente, la voiture de service du capitaine Mathias Cintève apparut sur le boulevard et se gara devant le SRPJ en évitant les flaques que l'affaissement irrégulier du sol et les grosses pluies de la dernière nuit avaient créées.

— J'espère que tu nous apportes de nouveaux éléments! s'écria le commandant, qui avait vu le véhicule arriver depuis la fenêtre à vitrage teinté de son bureau et avait délaissé son fauteuil pour attendre Mathias sur le seuil du bâtiment.

— Dis-moi, je suis accueilli comme un roi! s'exclama le capitaine en écartant Philippe du passage de la porte, que ce dernier, les mains sur les hanches, barrait à moitié.

— Pas le temps de s'amuser, tu vas tout me raconter autour d'un bon sandwich. Je suis allé les acheter tout à l'heure, ça te va?

Mathias avait complètement oublié qu'il avait accepté le matin même de déjeuner avec Philippe.

— Euh, j'ai déjeuné sur la route, se risqua-t-il à dire.

— Dans ce cas, tu vas me regarder manger et je vais t'écouter! Je te préviens, je veux des bonnes nouvelles! lança Philippe.

Tous deux regagnèrent le bureau du commandant et s'assirent, l'un en face de l'autre.

— Je commence par où? demanda Mathias en sortant le petit bloc-notes dans lequel il avait consigné toutes les réponses aux questions qu'il avait posées.

Philippe croqua à pleines dents dans le pain croustillant de son sandwich.

— La tenue de la demoiselle, je te prie.

— Quoi, la tenue? On la connaît déjà!

Le commandant haussa le ton.

— Tu n'as pas reçu le texto que je t'ai envoyé? Tu n'as pas demandé qu'on te décrive les vêtements qu'elle portait? Couleurs, taille, marques?

Mathias plongea le nez dans son carnet.

— Ah, si, si, euh, laisse-moi voir… Apparemment, les élèves sont unanimes, elle avait mis son tailleur-pantalon bleu marine favori, un chemisier blanc zippé sur le devant et des escarpins noirs à petits talons. Personne n'a pu me préciser les marques.

— Et le manteau? s'enquit Philippe.

— Plusieurs de ses collègues affirment qu'ils l'ont vue arriver avec le manteau noir qu'elle porte habituellement. Un manteau mi-long, un peu élimé aux coudes. Je n'ai pas de détail supplémentaire là-dessus.

— Et pour la valise ? Tu as demandé des explications ?

— Oui, je suis passé pour un idiot, c'est juste un « cartable roulant », comme m'ont dit les élèves en riant. Ils la voient avec tous les jours. Donc pas de projet de voyage ! D'ailleurs, le plus proche de ses collègues assure qu'elle comptait rester à Lille le week-end du 12 mars, elle avait décidé de s'accorder une journée de shopping et devait assister à un concert le samedi soir. Ce même collègue lui a envoyé un message le dimanche pour savoir ce qu'elle avait dégoté et si elle n'était pas rentrée sourde de sa soirée, mais elle n'y a pas répondu. En ne la voyant pas venir au lycée le lundi suivant, il a pensé qu'elle était malade et n'a pas insisté. Mais je me dis que si elle avait été souffrante, elle aurait prévenu l'établissement. Or, le lycée est resté sans nouvelles toute la semaine, le proviseur ne s'est décidé à appeler le numéro à contacter en cas d'urgence – celui de ses parents – que le vendredi après-midi. Ces derniers, qui s'étonnaient de ne pas l'avoir eue au téléphone depuis une semaine alors qu'elle les appelle d'habitude presque tous les jours, se sont alarmés en entendant le proviseur leur dire qu'elle ne venait plus au travail. Ils ont tenté de la joindre toute la soirée, mais n'y sont pas parvenus.

Morts d'inquiétude, ils ont roulé toute la nuit depuis Caen pour sonner chez leur fille, qui n'a pas ouvert. Ils sont alors entrés avec leur double de clés et ont constaté son absence. Désemparés, ils nous ont alertés à l'aube.

Philippe, qui avait fini d'avaler son sandwich, semblait réfléchir.

— On avance, doucement mais sûrement, murmura-t-il. D'autres éléments ?

Mathias tourna les pages griffonnées de son bloc-notes.

— Oui ! Des élèves qui fumaient devant l'établissement avant d'entrer en cours l'ont vue arriver en voiture, ce jour-là. Elle se serait garée sur le parking d'à côté, personne ne l'a vue repartir. On a retrouvé le numéro d'immatriculation, je l'ai transmis à l'un de nos gars pour qu'il le passe au fichier national, pour vérification.

— Bien, très bien, bon boulot ! le félicita Philippe. Autre chose ?

— Pas vraiment, tous ses élèves l'ont décrite comme une prof sympa, appréciée également de tous ses collègues. Pas de problème avec sa direction ni avec les parents d'élèves.

— Et du côté privé ? Des soucis ? Des amants ou des ex qui lui en voudraient ? chercha à savoir le commandant.

Le capitaine rangea son carnet dans la poche arrière de son pantalon.

— Je ne crois pas, ses collègues disent que c'est une fille plutôt discrète et sans histoires, mais il vaudrait mieux interroger les parents et la famille proche à ce sujet, ils seront mieux placés pour nous dire s'ils ont remarqué un changement de comportement chez elle récemment.

— On le fera, assura Philippe.

Quinze heures
Après une réunion d'équipe assez brève, le commandant Philippe Costali, le capitaine Cintève et deux agents spécialisés de la police technique et scientifique prirent la direction du domicile de la jeune professeur, où ses parents attendaient le petit groupe depuis déjà une heure.

— Vous n'avez touché à rien ? leur demanda immédiatement Philippe en entrant.

Les parents le regardèrent d'un air confus.

— C'est-à-dire que… On s'est décidés à entrer samedi dernier avec le double des clés que notre fille nous a laissé. On vient arroser ses plantes et relever son courrier lorsqu'elle part en vacances, on a les clés. Vous comprenez, on s'est dit qu'elle avait peut-être fait un malaise, dit la mère, très affectée.

— D'accord, madame, je comprends parfaitement, mais avez-vous touché à quelque chose quand vous êtes entrés ? répéta le commandant. Avez-vous déplacé des objets, fait du rangement ou du ménage ? précisa-t-il.

Le père qui, jusque-là, était demeuré en retrait, intervint.

— Mon épouse a fait le tour de la maison pour chercher notre fille puis, ne la trouvant pas, nous avons sonné chez les voisins pour leur demander s'ils l'avaient vue ces derniers jours. Mais rien. Nous avons ensuite sillonné les rues à proximité pour voir si sa voiture y était garée. Mais rien non plus. Alors, nous sommes revenus ici et nous avons ouvert les armoires pour savoir si elle avait emporté quelque chose, mais nous ne connaissons pas toute sa garde-robe, déplora-t-il.

Philippe se tourna à nouveau vers la mère, qui s'était mise à pleurer en silence.

— Quand vous avez fouillé les placards, avez-vous aperçu un tailleur bleu marine ?

Elle ravala ses sanglots.

— Je… Je ne sais pas…

— Ne vous en faites pas, nous allons chercher. Pendant ce temps-là, l'un de nos deux agents relèvera vos empreintes pour les distinguer de celles de votre fille et des autres que l'on trouvera éventuellement, expliqua le commandant.

— Caliéor aime recevoir, elle se plaint toujours que ce salon ne peut pas accueillir tout le monde. Vous n'allez pas pouvoir tout relever, s'affola la mère en se laissant tomber sur le canapé.

— Ne vous inquiétez pas, les agents sont là pour ça, c'est leur métier. Donnez-nous les noms de tous les amis que vous lui connaissez, nous nous chargerons de les trouver et de les interroger, dit Philippe.

La mère se remit à pleurer et hoqueta bruyamment.

— Ça fait beaucoup de gens et nous ne les connaissons pas tous, vous ne pourrez jamais savoir si quelqu'un est entré avec de mauvaises intentions !

— Madame, s'il y a quelque chose à trouver, nous le trouverons, certifia Philippe.

— Pourquoi pensez-vous que quelqu'un de mal intentionné aurait pu pénétrer chez votre fille ? interrogea Mathias, qui était revenu de sa fouille à l'étage.

— Le quartier n'est pas très sûr, alors c'est ce à quoi nous avons tout de suite pensé, déclara le père.

Mathias réajusta ses gants.

— La porte n'est pas fracturée, les fenêtres sont intactes et il n'y aucune trace de lutte apparente, donc ne tirons pas de conclusion hâtive, voulez-vous ?

Les parents acquiescèrent et sur les conseils des agents, qui souhaitaient travailler librement, sortirent prendre l'air. Mathias en profita pour faire le compte-rendu de sa fouille à Philippe.

— Pas de tailleur bleu, ni dans les armoires pleines à craquer ni dans le panier à linge. Pas de valise. Pas de sac à main et aucun papier d'identité dans les tiroirs. Pas de téléphone portable ni de clé de voiture, résuma-t-il.

— Elle a pu prendre la fuite, suggéra Philippe.

Mathias n'y croyait pas.

— Comme ça, subitement, au beau milieu de la nuit, en sortant du travail ? Après un service où elle est apparue à ses collègues aussi souriante que d'habitude et n'a semblé à ses élèves ni apeurée ni angoissée ? Sans oublier ses projets pour le week-end, qu'elle a racontés à l'un de ses collègues.

— Elle a pu déguerpir les jours qui ont suivi, avança le commandant.

— Sauf que personne ne l'a vue depuis cette fameuse nuit. Si elle était rentrée et n'était repartie que quelques jours plus tard, elle aurait changé de tenue et on aurait retrouvé le tailleur ici, non ?

— Oui, tu as raison, ça ne tient pas vraiment, admit Philippe tout en se dirigeant vers la porte d'entrée.

— Tu as vu quelque chose ? demanda Mathias.

— Juste une idée… marmonna-t-il.

Il sortit de la maison, retrouva les parents, qui attendaient, impuissants, assis sur le rebord de la fenêtre qui donnait sur la chaussée, et s'adressa à la mère, qui le regardait d'un air anxieux.

— Vous nous avez dit venir relever le courrier de votre fille quand elle s'absentait. Auriez-vous la clé sur vous ?

Elle se mit à chercher dans les poches de son manteau.

— Oui, bien sûr, la voilà !

Philippe revint sur ses pas, s'arrêta devant la petite boîte aux lettres blanche et l'ouvrit. Des enveloppes de toutes les formes jonchaient le fond de la boîte. Philippe les ramassa en un petit tas et se mit à étudier les cachets.

— La plus ancienne date du 12 mars, murmura-t-il.

— Sachant qu'on ne reçoit pas forcément de courrier tous les jours, la jeune femme ne serait donc peut-être pas repassée par chez elle depuis la nuit du 10 au 11, conclut Mathias, qui avait rejoint Philippe.

— Si on exclut la fuite volontaire, ce n'est pas bon signe…

Le père, qui avait entendu la conversation des deux hommes, s'agita.

— Caliéor ne serait jamais partie sans nous avertir ! C'est une gentille fille qui ne nous a jamais causé de soucis. Si elle avait eu des problèmes, elle nous en aurait parlé, nous sommes très proches!

— Je ne vois pas ce qu'elle pourrait fuir! objecta la mère.

Philippe pria les parents de patienter dehors encore quelques minutes et attira Mathias vers l'intérieur de la maison.

— Tu as parlé aux agents? Où en sont-ils? questionna le commandant à voix basse.

— Ils sont à l'étage, ils terminent, ils n'ont rien à part des dizaines d'empreintes différentes, des cheveux et des fibres qui appartiennent probablement aux nombreux amis dont j'ai entendu la mère te parler quand j'étais là-haut.

— C'est d'autant plus inquiétant. Ça signifie que cette femme, qui avait l'intention de rentrer chez elle après ses heures de travail, n'est jamais arrivée jusqu'ici. Et ça fait onze jours, maintenant…

Les deux officiers échangèrent un regard qui en disait long, mais n'osèrent exprimer à haute voix leurs pensées.

— Il faut revoir le point de départ de l'enquête et se concentrer davantage sur les abords du lycée hôtelier, décida Philippe.

Mathias hocha la tête.

— C'est aussi ce que je pense.

— Très bien. Dans ce cas, laissons les agents finir leur boulot et rentrons réunir toute l'équipe.

Dix-huit heures

Le SRPJ était sous tension. Les visages fermés de la petite équipe prouvaient que la situation était officiellement devenue préoccupante. Sans concertation aucune et sans qu'on le leur ait imposé, tous les membres avaient tenu à rester en cette fin de service, prêts à apporter leur aide et à multiplier les efforts pour faire avancer l'enquête. Le commandant Costali, réputé pour son organisation d'une efficacité redoutable, avait listé toutes les tâches à faire et réparti les rôles pour que chacun puisse participer activement aux recherches, quel que soit son domaine de compétences.

Pendant que Philippe relisait les premières déclarations des élèves et des collègues de l'enseignante pour s'assurer de n'être passé à côté d'aucun détail qui leur aurait permis d'aiguiller les recherches, Mathias avait entrepris de contacter les amis de la jeune femme en s'appuyant sur la liste de noms que la mère de cette dernière lui avait fournie un peu plus tôt.

— On aura de la chance si on arrive à tous les joindre ! Il y a plus de trente noms sur cette liste, certains partiels et d'autres à l'orthographe incertaine. Un vrai casse-tête ! lâcha le capitaine d'un air dépité.

Philippe, qui l'avait entendu depuis son bureau, dont la porte était restée entrouverte, fronça les sourcils.

— On ? cria-t-il.

Mathias passa la tête dans l'entrebâillement de la porte.

— J'ai pu déléguer une partie. Les lieutenants Bala et Adeliam m'ont proposé leur aide, je n'ai pas refusé : on avancera plus vite si on s'y met à plusieurs. Tu n'y vois pas d'inconvénient ?

— Non, pas du tout. J'espère vraiment que l'une de ces personnes pourra nous apprendre quelque chose, on a besoin d'indices ! soupira Philippe.

— On a besoin d'aide, le reprit Mathias. Pourquoi ne lance-t-on pas un appel à témoins ? suggéra-t-il.

Le commandant lui fit signe d'entrer dans son bureau un instant et l'invita à s'asseoir.

— C'est bien sûr ce qu'on fera, mais avant d'alerter toute la population et de perdre éventuellement notre avantage, j'aimerais que l'on retourne demain au lycée pour réinterroger tout le monde. Il serait bon également d'attendre d'avoir les relevés téléphoniques et les résultats du traçage de son portable. Et de chercher si elle ou un tiers s'est servi de sa carte bancaire.

Le capitaine Cintève afficha un air étonné.

— Pourquoi perdrait-on notre avantage en diffusant sa disparition ?

— On ne sait jamais, si cette femme est encore en vie et se trouve entre les mains de quelqu'un de dangereux, il pourrait se sentir acculé en voyant qu'on la cherche activement et vouloir se débarrasser d'elle. Alors soyons prudents, d'accord ?

— Je ne suis pas de ton avis, mais c'est toi le chef et je suppose que la commissaire t'approuve, je n'ai donc pas mon mot à dire, capitula Mathias, qui ne voulait pas entrer dans une argumentation qu'il savait d'avance parfaitement inutile.

— Cintève, votre franchise et votre esprit contestataire vous honorent, déclara le commandant, qui s'était mis à vouvoyer Mathias pour se moquer gentiment et lui rappeler le rapport difficile qu'il avait eu à ses débuts avec l'autorité.

Le capitaine sourit, quitta le bureau de ce supérieur qu'il appréciait avant tout pour ses qualités d'homme et avec qui il avait même fini par sympathiser en dehors du travail, puis s'attela de nouveau à contacter les noms de cette liste qui n'avait pas quitté ses mains depuis que la mère de Caliéor Hurrat la lui avait remise, comme s'il avait le sentiment au fond de lui que se cachait là quelqu'un qui détenait la clé de la disparition de la jeune professeur. Jusque tard dans la soirée, il espéra obtenir de l'un d'entre eux le renseignement qui ferait toute la différence, mais après les avoir tous passés en revue, il dut se rendre à l'évidence : aucune de ces personnes n'avait vu la jeune femme depuis le début du mois, toutes affirmaient que cela ne ressemblait pas à leur amie de les laisser sans nouvelles aussi longtemps, toutes s'accordaient à dire qu'elle n'avait pas pu disparaître volontairement, mais aucune ne pouvait aider à la localiser. Les deux lieutenants qui épaulaient Mathias dans cette lourde tâche s'étant entendu dire exactement la même chose et le rapport d'analyse des empreintes relevées au domicile de Caliéor Hurrat qui leur était parvenu en fin de soirée concordant avec les déclarations des personnes contactées, les trois officiers se résolurent à rentrer chez eux.

Chapitre 2

22 mars

Huit heures
Lycée hôtelier des Trois Lys

Depuis la cour de récréation, quelques élèves observaient avec inquiétude le ballet des enquêteurs qui s'étaient donné rendez-vous devant l'établissement et attendaient que le petit groupe soit au complet pour se mettre en action.

Le commandant Costali, qui avait été retardé sur la route par un camion que le verglas avait fait glisser en travers de la chaussée, arriva le dernier. Aussitôt descendu de son véhicule de service, il se mit à diriger les opérations.

— Bien, les lieutenants Bala et Adeliam, ainsi que les lieutenants Guillemau et Isaam, qui nous prêtent main-forte aujourd'hui, interrogeront tous les élèves de ce lycée, y compris ceux que le capitaine Cintève a déjà interrogés hier. Le lieutenant Kerzaoui recueillera les déclarations du personnel d'administration et de direction pendant que les agents spécialisés Lavone et Huge, accompagnés du technicien Hicolme, passeront le parking et les abords du lycée au peigne fin. Quant au capitaine Cintève et moi-même, nous interrogerons l'ensemble des enseignants. N'oubliez pas de rester joignables à tout moment. Notez tout ce qui peut vous sembler important, chaque détail compte ! Sur ce, bon courage à tous, soyez efficaces ! les encouragea Philippe.

— Merci, commandant ! répondirent en chœur les membres du groupe avant de s'éparpiller, les uns vers le parking bondé, les autres vers les grilles de l'établissement, derrière lesquelles s'était maintenant agglutinée une foule d'élèves à l'affût d'une information à partager sur les réseaux sociaux.

— Suis-moi, dit Mathias à Philippe en arrivant dans le hall d'accueil. Hier, j'ai repéré la salle des professeurs, on peut y accéder directement par-là, précisa-t-il en montrant du doigt l'entrée du petit couloir qui se profilait dans la continuité du rez-de-chaussée.

À la vue des grands pots de plantes ronds posés aux quatre coins du hall pour en atténuer les angles secs, Philippe replongea dans ses souvenirs, à l'époque où son fils était scolarisé dans ce lycée, qu'ils avaient visité ensemble avant de faire la demande d'inscription.

— Rien n'a changé, ici, dit-il avec un brin de nostalgie.

— Mince, j'avais oublié que tu connaissais déjà les lieux ! Et moi qui rêvais de te servir de guide ! plaisanta Mathias.

— L'équipe enseignante n'est plus tout à fait la même, tu ne me seras donc pas totalement inutile, répondit Philippe avec humour.

Mathias tritura son carnet, l'air embêté.

— Je n'ai interrogé que quelques professeurs, hier, je n'ai pas relevé tous les noms, je ne pensais pas que c'était nécessaire…

— Tu vas pouvoir te rattraper aujourd'hui en rencontrant les cinquante-deux membres de l'équipe éducative ! Tout un programme qui te demandera force et courage ! lui dit Philippe en riant.

Interloqué, le capitaine marqua un temps d'arrêt.

— Tu ne restes pas ? C'est ma punition ? Je recueille seul les cinquante-deux déclarations ? Phil, je vais en avoir pour des jours !

Le commandant le rassura.

— N'aie crainte, je te taquinais ! Je ne te laisserai pas tomber.

— Me voilà soulagé ! Dans ce cas, que dirais-tu d'interroger les enseignants que j'ai vus hier pendant que je m'occupe des autres ? proposa Mathias.

— C'est une idée, mais avant, il faut qu'on mette la main sur la liste des noms de tous les professeurs pour être sûrs de n'oublier personne.

— Je m'en charge, je vais la réclamer au secrétariat de direction. J'ai aperçu le bureau, hier, c'est juste à côté. J'en ai pour cinq minutes !

Le capitaine Cintève s'éclipsa aussitôt et laissa le commandant Costali devant la porte de la salle des professeurs.

Seul, Philippe en profita pour envoyer un message à son fils, qu'il n'avait pas vu depuis les vacances scolaires de février. Cet établissement lui rappelait que son grand garçon, ses rires, sa joie de vivre et les moments de complicité qu'ils partageaient lorsqu'ils se retrouvaient quelques jours lui manquaient terriblement.

— C'est bon, je l'ai ! cria Mathias à l'autre bout du couloir en brandissant deux exemplaires de la liste qu'il venait de récupérer. J'ai même le plan des salles de classe ! ajouta-t-il d'un air satisfait.

Philippe releva la tête de son téléphone, le rangea et sortit de la poche de son blouson un bloc-notes personnalisé et un stylo gravé à son nom – un cadeau de son fils – qu'il gardait sur lui précieusement.

— Parfait. Indique-moi ceux à qui tu as parlé hier, tu feras le reste, dit le commandant en tendant son stylo à Mathias.

Le capitaine s'exécuta immédiatement et entoura sur la liste une quinzaine de noms.

— Voilà, j'espère qu'ils y sont tous. C'est parti ! Au fait, si les profs sont en plein cours, on les dérange quand même ?

— Pas le choix, on n'a pas le temps d'attendre. Chaque minute compte !

Mathias, qui n'avait pas particulièrement envie d'intervenir dans une salle remplie d'élèves qui le dévisageraient, fit la moue.

— Et si certains ne sont pas présents aujourd'hui ?

— J'ai appelé le chef d'établissement hier pour l'avertir de notre déplacement et je lui ai demandé de faire venir l'ensemble des enseignants, précisa Philippe.

— À mon avis, ceux en arrêt maladie ne viendront pas…

— Ça ne concernera qu'une poignée de profs. Ceux-là, on les joindra par téléphone ou on leur demandera de passer plus tard dans nos locaux.

— Entendu ! Je vais commencer par ceux qui attendent dans la salle des professeurs, mais toi, Phil, je te conseille de te rendre directement au restaurant pédagogique du lycée, c'est là que Caliéor Hurrat effectuait la plupart de ses cours. Tu y trouveras certainement d'autres collègues de sa discipline, ce sont principalement eux que j'ai interrogés hier.

Philippe acquiesça :

— Troisième étage, si ma mémoire est bonne ?

— En effet, ça non plus, ça n'a pas changé. Mais je te laisse quand même le plan, je ne voudrais pas perdre mon commandant, le charria Mathias en lui glissant dans la poche de poitrine de son blouson le document qu'il avait minutieusement plié.

Philippe se mit à rire franchement.

— Quel homme attentionné tu fais ! Je m'étonne que tu sois encore célibataire !

Mathias ouvrit grand les bras.

— Je ne comprends pas non plus ! Mais qui sait, c'est peut-être ici que je trouverai la femme de ma vie !

— Tout doux, capitaine ! On n'est pas venus pour conter fleurette à ces dames ! le rappela gentiment à l'ordre le commandant. D'ailleurs, il est grand temps de se mettre au travail, ajouta-t-il en agitant son petit carnet.

Après avoir jeté un coup d'œil à leur montre, les deux hommes se séparèrent. Mathias pénétra dans la salle réservée aux enseignants, prêt à affronter la douzaine de professeurs qui l'y attendaient patiemment, tandis que Philippe remonta le couloir d'un pas assuré, puis laissa sa mémoire le conduire jusqu'au restaurant pédagogique. Après avoir franchi la passerelle du troisième étage et passé les cuisines, il se dirigea instinctivement vers la petite salle du restaurant, où il n'avait pourtant dîné qu'une seule fois, pour faire plaisir à son fils, qui avait lourdement insisté. Tout en se remémorant le curry d'agneau qu'on lui avait servi ce soir-là et le parfait glacé à la chicorée qui l'avait régalé, Philippe avançait promptement vers le bar, d'où lui parvenaient les voix de trois professeurs qui conversaient allègrement. Dès qu'ils le virent arriver, ils se turent et, le nez plongé dans les tasses vides qui traînaient sur le comptoir, attendirent que l'officier commence à parler.

— Messieurs-dames, bonjour ! les salua Philippe de sa grosse voix. Je suis le commandant Costali. J'enquête sur la disparition de votre collègue, Caliéor Hurrat. Vous avez déjà eu affaire au capitaine Cintève hier, mais si vous le permettez, j'ai d'autres questions à vous poser. Puis-je d'abord vous demander de décliner vos identités ? les pria-t-il formellement.

Les trois enseignants, qui obtempérèrent immédiatement, se lancèrent des regards inquiets.

Philippe poursuivit :

— Comme vous le savez, le temps presse, il est donc primordial pour notre équipe d'avoir un maximum d'éléments en main. Vous avez déclaré hier ne pas avoir eu de nouvelles de votre collègue depuis sa disparition. Sauriez-vous dater la dernière conversation que vous avez eue avec elle en face à face, le dernier appel téléphonique, le dernier échange de *mail* ou de texto ? Et que lui disiez-vous ou que vous disait-elle ?

Fabrice Larçon, le professeur de cuisine, répondit le premier.

— J'ai discuté avec elle le 10 mars, pendant le service du soir. Elle m'a dit qu'elle avait hâte d'en finir.

Philippe fronça les sourcils.

— Comment ça « hâte d'en finir » ?

— Euh, pardon, je voulais juste dire qu'elle était fatiguée et pressée de rentrer chez elle.

— En êtes-vous certain ?

— Oui, veuillez m'excuser, c'est moi qui me suis mal exprimé. Elle voulait simplement terminer rapidement sa journée de travail.

— Bien. Et après ? L'avez-vous vue quitter l'établissement ?

Fabrice se passa nerveusement la main dans les cheveux.

— Non. Je l'ai déjà dit à votre capitaine, tout le monde était déjà parti quand elle est sortie d'ici, moi y compris. Si j'avais su, mon Dieu… se lamenta-t-il.

Le commandant se tourna vers les deux autres enseignants, qui baissaient les yeux.

— Et vous ?

Bertrand Joudeau, professeur de cuisine également, déclara que Caliéor Hurrat s'était confiée à lui sur ses projets du week-end et maintint ne pas l'avoir croisée ni contactée après cet échange. Puis Hélène Farelli, la deuxième professeur de restaurant du lycée, prit la parole, la voix tremblante.

— Je n'arrive pas à croire qu'il ait pu lui arriver quelque chose. Après son service, elle m'a envoyé un texto. Elle disait qu'elle venait de finir, qu'elle s'apprêtait à rentrer. Elle râlait parce qu'elle avait passé un quart d'heure à chercher son portable.

— À quelle heure vous a-t-elle envoyé ce message ? questionna le commandant.

Hélène Farelli sortit son téléphone de sa poche et fit glisser son pouce sur l'écran.

— Minuit huit, dit-elle fébrilement.

— Lui avez-vous répondu ?

L'enseignante fondit en larmes.

— Non, j'étais déjà couchée. Je n'ai vu son message que le lendemain et je n'y ai pas donné suite, je suis désolée. Je m'en veux tellement !

Philippe, qui compatissait, posa sa main sur le bras de la jeune femme.

— Vous n'y êtes pour rien, vous ne pouviez pas savoir et vous n'auriez pas pu empêcher quoi que ce soit…

— J'ai peur pour elle, dit-elle d'une toute petite voix entre deux sanglots.

— Je comprends. On fera tout pour la retrouver, promit le commandant. Maintenant, si vous ne voyez pas d'autres informations qui pourraient nous aider, je vais rejoindre mon équipe. Je vous laisse ma carte, si jamais quelque chose vous revient, indiqua-t-il en leur tendant le petit carton.

Silencieusement, les trois enseignants regardèrent le commandant s'éloigner et Philippe partit à la recherche des autres professeurs, dont certains des noms entourés sur sa liste lui évoquaient de bons souvenirs. Il les trouva facilement et prit plaisir à discuter avec eux, mais après avoir rayé la dernière ligne, il se sentit un peu démuni par le peu d'éléments qu'il avait recueillis. Il se mit alors en marche vers la salle des professeurs, où il retrouva Mathias en train d'interroger l'enseignant qui avait donné le goût de l'éducation physique à son fils qui, en bon adolescent, préférait les jeux vidéo aux activités sportives avant de se découvrir une passion pour l'escalade. C'est donc sans hésiter que Philippe se joignit à eux pour prendre part à la conversation.

— Monsieur Martinez, je suis ravi de vous revoir malgré les circonstances !

L'enseignant lui serra la main.

— C'est affreux, ce qui se passe, admit-il.

— Peut-être pourriez-vous nous apprendre un fait nouveau, entama Philippe.

Mathias intervint.

— Monsieur Martinez était justement sur le point de me parler des habitudes de Caliéor Hurrat.

— À quel point êtes-vous proche d'elle ? demanda le commandant abruptement.

L'enseignant ne sembla pas s'offusquer de la question et sourit.

— Pas proche comme vous pourriez l'imaginer. Les fenêtres du gymnase où j'ai cours la plupart de mon temps donnent sur le parking. Au fond de celui-ci, on peut accéder à une allée très étroite qui ne laisse passer qu'un seul véhicule à la fois et qui débouche sur la rue qui longe l'enceinte arrière de l'établissement. C'est par-là que Caliéor passe pour rentrer chez elle. Je connais bien sa voiture, j'ai failli la lui acheter l'an dernier, quand elle voulait la vendre, mais elle a changé d'avis au dernier moment. Elle ne passe par la rue de devant que pour venir au lycée, pas pour en repartir. J'ai toujours trouvé ça bizarre, mais bon, les femmes et l'orientation…

Philippe, qui réfléchissait les yeux braqués sur le carrelage émaillé, et Mathias, occupé à annoter les propos de l'enseignant dans son carnet, ne relevèrent pas la plaisanterie.

— Avez-vous vu votre collègue partir par cette petite allée le soir du 10 mars ? questionna le commandant.

— J'enseigne l'EPS, je ferme le gymnase à dix-huit heures au plus tard. Mais je l'ai vue arriver et je me souviens qu'elle s'était garée au milieu du parking, pas très loin de ma voiture.

— L'arrière de l'établissement est-il pourvu de caméras de vidéosurveillance ? l'interrogea Mathias.

Monsieur Martinez secoua la tête.

— Je ne crois pas, il n'y a plus d'entrée par l'arrière depuis plusieurs années, l'accès a été condamné par des murs qui font toute la longueur des deux bâtiments et je doute qu'ils soient surveillés.

Les épaules de Philippe s'affaissèrent.

— Donc, toujours aucun moyen de vérifier comment et par où Caliéor Hurrat a quitté le lycée ce soir-là, chuchota-t-il à Mathias après avoir remercié le professeur.

— On tourne en rond ! À croire qu'elle n'est jamais allée plus loin que ce parking ! lança le capitaine.

Philippe le fixa des yeux, comme s'il venait de dire une énormité.

— On n'a pas exclu cette possibilité, bien que ce soit la moins probable étant donné que son véhicule n'était plus sur le parking le lendemain matin, fit-il remarquer.

— Et si on allait voir si les agents ont trouvé quelque chose ? proposa Mathias.

Le commandant Costali acquiesça.

Les deux officiers sortirent donc du lycée et se hâtèrent vers le parking qui, à cette heure de pause méridienne, s'était quelque peu désengorgé. Les combinaisons blanches des agents dont les mains habiles s'affairaient depuis près de quatre heures offraient un spectacle coordonné et millimétré presque déroutant.

— J'espère qu'ils auront de bonnes nouvelles pour nous, ou à défaut, pas de mauvaises, espéra Mathias.

Philippe s'approcha du périmètre de recherches que les agents avaient pris soin de délimiter malgré la grande superficie du parking.

— On va être vite fixés !

Le technicien Hicolme, qui était accroupi et avait vu les deux officiers arriver, se releva et vint à leur rencontre.

— On est loin d'avoir terminé, on en a encore pour plusieurs heures, estima-t-il.

Mais Philippe s'impatientait.

— Des indices concrets pour le moment ?

— On a relevé des centaines de choses, mais on tâtonne. Le parking est vaste et depuis le 10 mars, il a plu à verse plusieurs fois et beaucoup de gens sont passés par ici, ont tout piétiné et ont transporté un tas de trucs sous leurs pieds.

— Un enseignant nous a rapporté que la jeune femme s'était garée au milieu du parking. Vous pourriez concentrer vos recherches sur cette zone, suggéra Mathias.

— D'accord, on note l'info, mais on passera partout quoi qu'il en soit. Y compris les parties en herbe au sud du parking et la petite allée tout au fond qu'on a failli ne pas voir ce matin, précisa le technicien.

— Des traces de sang ? demanda le commandant.

— Aucune pour l'instant.

— Donc, si je comprends bien, on ne saura rien avant que le laboratoire ne nous envoie ses résultats d'analyse, conclut Philippe.

Le technicien haussa les épaules.

— Commandant, vous savez parfaitement comment ça fonctionne… Mais le labo vous fera parvenir les résultats dans les meilleurs délais, assura-t-il.

— On se retrouve à nouveau dans une impasse ! grogna d'agacement le capitaine Cintève.

Philippe affichait la tête d'un homme en pleine réflexion.

— Une impasse… murmura-t-il.

— À quoi penses-tu ? lui demanda Mathias, qui sautillait sur place pour ne pas se laisser gagner par le froid.

— On a tort, ce n'est pas une voie sans issue ! Il faut se rendre dans la rue sur laquelle débouche cette fichue allée qui passe derrière l'établissement. Retraçons le chemin que Caliéor Hurrat aurait dû emprunter pour rentrer chez elle et répertorions-y tous les magasins et toutes les maisons qui ont un système de vidéosurveillance. Sa voiture aura quand même bien été filmée par quelqu'un, elle ne s'est pas volatilisée comme ça, bon Dieu ! jura Philippe qui ne supportait pas que l'enquête stagne.

— En partant de l'hypothèse qu'elle a bien quitté le lycée par cette allée… rappela Mathias.

— On patauge, alors cherchons dans toutes les directions ! Mais avant, réunissons-nous pour un briefing d'équipe, décida le commandant Costali, qui envoya immédiatement un message pour sommer les cinq lieutenants qui interrogeaient toujours les élèves et le personnel du lycée de le rejoindre à l'entrée du parking sans plus tarder.

— Phil, on pourrait faire ça tout en déjeunant, on a tous prévu des sandwichs. On n'arrivera à rien le ventre vide et au moins, on ne perdra pas de temps, essaya de négocier Mathias, dont l'estomac réclamait une quelconque forme de nourriture depuis un moment.

— Adjugé ! répondit Philippe, pour la plus grande joie du capitaine, qui se voyait déjà croquer dans le chèvre fondant du sandwich trois fromages qu'il s'était confectionné.

Le commandant aperçut la petite troupe de lieutenants qui avaient pressé le pas pour atteindre le parking.

— Ah, messieurs, vous êtes là! On va pouvoir commencer!

— Laisse-les juste aller chercher leur déjeuner dans leur véhicule, lui souffla Mathias.

Philippe soupira.

— C'est vrai, j'oubliais… Bon, très bien, mais dépêchez-vous, je vous attends!

Cinq minutes plus tard, l'équipe au complet était sagement réunie autour des véhicules de service, dont les capots faisaient office d'appui, sous la grisaille du ciel qui rendait ce début de printemps tout aussi triste qu'un jour de pluie.

— Lieutenants, que vous ont appris les élèves? demanda le commandant aux quatre officiers qui étaient passés de classe en classe pour interroger tous les élèves du lycée.

— Malheureusement, rien qu'on ne sache déjà, déplora le lieutenant Bala.

Philippe retint son exaspération.

— Pas la moindre info supplémentaire? Dites-moi que c'est une plaisanterie!

— Désolé, commandant, les gamins ne savent rien. Caliéor Hurrat est juste leur prof, tenta de se disculper le lieutenant Guillemau.

— Les élèves n'ont pas arrêté de nous répéter que cette prof est la discrétion incarnée, renchérit le lieutenant Isaam pour soutenir les propos de son collègue.

— Ceux qui l'ont comme enseignante l'apprécient énormément et nous auraient aidés volontiers, mais ils ne peuvent pas nous renseigner davantage. Ceux qui ne la connaissent que de vue ont encore moins à dire, appuya le lieutenant Adeliam.

Philippe se tourna vers le lieutenant Kerzaoui.

— Et vous, pouvez-vous nous apprendre quelque chose ?

— Le personnel d'administration ne côtoie pas beaucoup la jeune femme, personne n'a rien vu, rien entendu. J'ai écouté la même chanson toute la matinée. Quant au personnel de direction, seul le proviseur a pu me fournir un élément dont on pourra peut-être se servir. Il m'a listé les noms des professionnels qui ont été au contact de l'enseignante les semaines qui ont précédé sa disparition dans le cadre de son travail. Il pourrait y avoir un détraqué parmi eux, ça vaudrait le coup de chercher, non ?

— Je peux voir cette liste ? le pria le commandant.

Le lieutenant déplia le bout de papier sur lequel il avait griffonné les noms et professions que lui avait indiqués le chef d'établissement et le tendit à Philippe.

— Trois restaurateurs, deux représentants en vins, le président d'une association, une journaliste, le directeur d'un supermarché, la directrice adjointe d'une agence de voyages, le préfet. Du beau monde… Je ne suis pas certain que ça puisse nous mener quelque part, mais il ne faut écarter aucune piste, d'autant qu'elles sont peu nombreuses, reconnut le commandant.

L'équipe opina.

— Bien, je suggère qu'on se divise à nouveau les tâches, dit le capitaine. Pendant que les agents poursuivent leurs relevés sur le parking et autour de l'établissement, les lieutenants pourraient se charger de repérer la présence de caméras dans la rue de derrière. Boutiques, banques, distributeurs, maisons, vidéosurveillance de la ville, il faudra tout scruter.

Mathias s'adressa ensuite à son supérieur :

— Phil, que dirais-tu de rendre une petite visite à ces gens ? proposa-t-il en désignant la liste que le lieutenant venait de remettre au commandant.

— Validé ! On cherchera les adresses en chemin. Mais avant, je vais me fendre d'un appel à la commissaire. Les agents sont débordés et nous aussi, il serait bon d'envoyer une autre équipe en renfort pour ratisser les espaces verts qui bordent le lycée et le parc d'à côté.

— Bonne idée, observa le capitaine, qui pianotait déjà sur son téléphone pour rechercher les adresses des sociétés que Philippe et lui écumeraient tout au long de l'après-midi.

Chapitre 3

22 mars

Treize heures cinq

Les véhicules de service du capitaine Cintève et du commandant Costali venaient de délaisser les devants du lycée et arpentaient maintenant les routes de la métropole urbaine pour se rendre au Cerf Ridé, un restaurant renommé pour la qualité de ses grillades où Philippe était allé dîner plusieurs fois avec sa femme avant qu'elle et lui ne se séparent. Le gérant, Émile Norale, avait une réputation de bon vivant qui sympathisait facilement avec ses clients. Philippe avait d'ailleurs eu l'occasion de discuter avec lui un soir, après la fermeture de la salle, et avait écouté avec plaisir ce passionné de restauration lui raconter les dernières créations de son chef cuisinier, son espoir d'obtenir le titre de maître restaurateur et son rêve de se voir décerner un jour une première étoile. Philippe avait gardé une excellente impression de cet homme et, tout en conduisant, priait en silence pour qu'il n'ait rien à voir dans la disparition de la jeune enseignante. Mathias, de son côté, s'interrogeait sur la réelle nécessité de s'entretenir avec le préfet. La dernière fois qu'il l'avait croisé, c'était dans les locaux du SRPJ, quelques mois après sa prise de poste dans le Nord. Mathias n'avait pas reconnu le haut fonctionnaire et l'avait congédié sèchement lorsque ce dernier avait fait irruption dans son bureau, ce qui lui avait valu une réflexion cinglante de la part du haut fonctionnaire et une remarque désobligeante de la commissaire qui l'avaient affecté longtemps après. Le capitaine ne tenait donc pas particulièrement à renouveler l'expérience et aurait préféré opter pour un simple appel téléphonique. Mais le commandant, avec qui il avait amorcé un début de négociation à ce sujet avant de monter en voiture, en avait décidé autrement et comptait bien s'inviter à la préfecture.

Seize heures vingt

Les deux officiers avaient écouté attentivement les trois restaurateurs qui figuraient sur la liste fournie par le proviseur, mais n'avaient pu en tirer aucune information utile à l'enquête. Émile Norale s'était montré très disponible malgré le coup de feu du midi, mais se souvenait à peine de la professeur, qu'il n'avait jamais rencontrée et avec qui il n'avait eu qu'un bref contact par téléphone. Il se rappelait tout juste lui avoir refusé par manque de temps une intervention au lycée pour présenter son métier aux élèves de première année. Philippe et Mathias s'étaient ensuite rendus au restaurant Le Crash dont le responsable, lui, les avait rapidement expédiés en cette fin de service. Le chef, qui avait accueilli dans ses cuisines l'un des élèves de Caliéor Hurrat dans le cadre d'une période de formation en milieu professionnel, n'avait reçu l'enseignante que quelques minutes lors de l'évaluation de son jeune stagiaire. Les deux hommes avaient alors continué leur chemin jusqu'à la brasserie Chez Marnie, d'où ils étaient repartis sans le moindre renseignement et où ils avaient dû refuser poliment et avec regret le demi de bière que la gérante leur avait gracieusement offert.

Puis le capitaine avait cherché à joindre sans succès les deux représentants en vins, probablement occupés à sillonner les routes du département en quête d'autres clients. Le commandant, quant à lui, se réjouissait d'avoir réussi à parler avec monsieur Hoet, le président de « Ma poubelle n'a pas faim », une association qui luttait contre le gaspillage alimentaire que Caliéor Hurrat avait contactée dans l'espoir d'établir un partenariat qui permettrait aux jeunes du lycée hôtelier de participer aux actions de sensibilisation organisées tout au long de l'année par les nombreux membres bénévoles de l'organisme. Le président, fraîchement retraité, s'était entretenu longuement avec l'enseignante, qu'il avait trouvée chaleureuse et bienveillante, et avait accédé à sa requête sans hésiter. Il avait reçu les deux officiers dans le petit local associatif qui servait à la fois de siège, d'entrepôt et de bureau, et semblait très affecté par la disparition de la jeune femme, qu'il avait vue huit ou neuf fois sur les six derniers mois. Il n'avait pas été en mesure d'apporter une quelconque information pouvant faire avancer l'enquête et ne savait plus à quoi il avait occupé sa soirée du 10 mars, mais avait tout de suite été écarté de la liste des potentiels suspects par le commandant, qui n'arrivait pas à imaginer ce frêle et sympathique sexagénaire s'en prendre froidement à une enseignante qu'il appréciait de toute évidence.

— Tu en penses quoi ? demanda Philippe à Mathias à la sortie du local de l'association.

— La même chose que toi, je suppose. Cet homme n'a pas le profil d'un pervers, d'un psychopathe, d'un manipulateur ou d'un assassin… avança le capitaine.

— Aucun de ceux à qui on vient de parler, d'ailleurs… renchérit Philippe.

Mathias regarda sa montre.

— J'ai parfois le sentiment de perdre mon temps. On avance au radar et voilà ce que ça donne : trois heures pour n'apprendre strictement rien ! se désespéra-t-il.

— Mon grand, c'est ça, le métier ! On cherche, on tâtonne, on construit des pistes, on les déconstruit, et finalement, on avance quand même, pas à pas, de fil en aiguille, pour élucider enfin le mystère et résoudre l'énigme, philosopha le commandant.

— Je sais bien, je dis simplement que j'aimerais qu'on nous indique de temps en temps si on cherche dans la bonne direction…

— Si tu attends que le ciel t'envoie un signe, tu risques de devoir patienter un bon moment, plaisanta Philippe.

— Ne te moque pas, les pouvoirs de l'au-delà sont très puissants, exposa Mathias très sérieusement avant de partir dans des éclats de rire qui finirent par gagner le commandant.

— On ne peut pas savoir si cette liste nous met sur la bonne voie, mais ne la laissons pas tomber pour autant. Il faut aller jusqu'au bout pour s'assurer de ne passer à côté d'aucune piste, estima Philippe, qui s'était ressaisi en quelques secondes.

Le capitaine tenta de contenir le rire dont il ne s'était pas départi.

— J'en suis conscient, Phil. Tu sais que je ne suis pas du genre à abandonner, ce n'est donc pas à moi que tu dois dire d'aller au bout des choses! objecta-t-il.

Le commandant brandit les clés de son véhicule.

— Dans ce cas, remettons-nous en route! À qui rend-on une petite visite, maintenant?

Mathias fouilla dans ses poches de pantalon et en sortit la liste de noms toute chiffonnée.

— On met le cap sur Edu'Mag! Tu connais?

— Franchement, qui ne connaît pas? J'ai acheté plusieurs numéros pour mon fils à l'époque où il cherchait une idée de formation, l'informa Philippe.

— Alors allons-y! Mais je doute que le directeur du magazine nous réserve un bon accueil, il paraît qu'il n'est ni commode ni très arrangeant…

— On ne le dérangera qu'une minute, juste le temps de le prévenir qu'on souhaite parler à l'une de ses journalistes. Et puis, il ne faut pas s'arrêter à ce que les gens racontent. Tu es sûr d'être flic? le charria le commandant en ouvrant la portière de sa voiture, qui montrait des éraflures.

Mathias, qui avait entendu cette boutade des centaines de fois, demeura sans réaction.

Philippe enchaîna :

— Tu as l'adresse?

— Rue Maé Sens. Tu vois où c'est ? s'enquit le capitaine.

Philippe hocha la tête et vérifia l'heure sur sa montre connectée.

— Ce n'est pas très loin du lycée des Trois Lys. On a un peu de route à faire. Ne traînons pas, la circulation ne va pas tarder à se densifier.

Dix-sept heures

La grande porte en noyer d'Edu'Mag se dressait fièrement devant les deux officiers, impressionnés par le charme et l'authenticité de l'ancien qui tranchait avec l'allure plutôt moderne du reste du bâtiment.

— J'ai hâte de voir l'intérieur, ce magazine est presque un lieu mythique, chuchota Philippe en poussant la lourde porte.

Mathias aperçut l'escalier en marbre habillé d'un élégant tapis brodé et le damier noir et blanc en carreaux de ciment qui alliaient luxe et raffinement.

— Ce n'est pas n'importe quoi ! siffla-t-il.

Philippe s'avança et fit glisser sa main sur la rampe arquée, qui brillait.

— On ne verra jamais ça au SRPJ !

Mathias réprima un petit rire envieux.

— Si l'État nous payait des locaux pareils, je n'aurais plus envie de rentrer chez moi ! ironisa-t-il.

— Allez, arrêtons de nous faire du mal pour rien et montons! coupa Philippe.

— Où est l'accueil? demanda le capitaine, qui aurait souhaité qu'on lui indique les bureaux de la direction.

Le commandant pointa du doigt la signalétique qu'annonçait le classieux petit chevalet en fer forgé posé au bas de l'escalier.

— À l'étage, visiblement.

— Et si on montait directement à la direction?

Philippe afficha une moue de désapprobation.

— Tu m'as dit qu'il paraît que le directeur n'est pas commode, alors mieux vaut nous faire annoncer, tu ne crois pas?

— Soit, concéda Mathias.

Les deux hommes s'arrêtèrent donc sur le premier palier, qui distribuait, dès son entrée, le standard agréablement aménagé du magazine et à peine plus loin, un *open-space* où s'entassaient plusieurs bureaux informatiques occupés par des journalistes empressés.

Carte de police en main, le commandant Costali se présenta sans attendre à l'hôtesse d'accueil et demanda à s'entretenir avec le directeur. Souriante, celle-ci l'informa immédiatement de l'absence momentanée de son supérieur et proposa aux deux officiers de repasser ultérieurement.

Contrarié et refusant l'idée de s'être déplacé inutilement, Philippe invoqua l'urgence de sa requête.

— Nous avons besoin de le joindre tout de suite, c'est important et nous n'avons pas le temps de revenir, ni demain ni plus tard, dit-il à la standardiste en prenant un air excédé.

— Je suis navrée, monsieur Rudiez s'est rendu à un séminaire à Paris, il ne rentrera que dans deux jours. Puis-je me permettre de vous laisser son numéro de téléphone ? Vous pourrez ainsi le contacter d'ici la fin de la journée, suggéra-t-elle aimablement.

Oubliant ses bonnes manières, le commandant rejeta froidement sa proposition.

— Il est déjà plus de dix-sept heures, nous ne pouvons pas attendre de réussir à le joindre, nous nous passerons donc de l'avertir. Nous souhaitons en réalité voir madame Börje-Illuy, est-elle présente ? demanda-t-il sans ménagement.

L'hôtesse, surprise par ce soudain changement de ton, acquiesça du menton.

— Je l'ai vue tout à l'heure et elle n'est pas encore partie, elle ne termine que dans une demi-heure, précisa-t-elle, le regard interrogateur.

Mathias, qui ne tenait pas à déambuler dans tous les étages, intervint :

— Pourriez-vous nous conduire à elle ?

Après avoir pris soin d'enclencher le répondeur du téléphone, la standardiste quitta son poste et sans dire un mot, mena les deux officiers jusqu'au petit bureau de la journaliste.

— Sarah, ces messieurs veulent te parler, lui dit-elle d'une petite voix avant de saluer les deux hommes d'un signe de tête et de retourner d'où elle venait.

La jeune journaliste se leva de sa chaise et prit appui sur son bureau.

— Désolé de vous importuner, madame, mais nous aimerions simplement vous poser quelques questions dans le cadre de l'enquête sur la disparition de madame Hurrat. Vous la connaissez, il me semble, voulut d'abord s'assurer Philippe.

— C'est exact, reconnut-elle. Je l'ai interviewée il y a quelques semaines, elle et d'autres enseignants. J'ai appris qu'elle était portée disparue, c'est affreux !

Le commandant marqua son étonnement.

— Comment l'avez-vous su ?

— Le lycée n'est qu'à quelques minutes d'ici et de chez moi, je me promène souvent dans le coin. Hier, en passant devant l'établissement, j'ai entendu des élèves dire qu'un de leurs profs avait disparu et qu'un policier était venu les interroger, expliqua la journaliste.

— Quand l'avez-vous vue pour la dernière fois ? questionna Mathias.

— Euh, je ne me souviens plus du jour précis, laissez-moi regarder, dit la jeune femme en attrapant son agenda.

— Vous notez systématiquement chaque rendez-vous ?

— Oui, toujours, ça m'est indispensable pour ne rien oublier. Alors, voyons voir… dit-elle en tournant rapidement les pages de l'agenda. Ah, oui ! Je me souviens, maintenant, c'était le 26 février, j'avais besoin qu'elle me remette un compte-rendu sur le Grand Salon de l'Hôtellerie, où elle avait emmené ses élèves la veille.

— Ce jour-là, vous a-t-elle paru soucieuse ou vous a-t-elle fait part d'un problème personnel ? s'enquit Philippe.

— Non, mais il faut dire que je ne lui ai parlé qu'un court instant, elle était pressée et n'a pas pu me consacrer ne serait-ce que cinq minutes pour me donner son opinion sur le Salon. J'ai dû lui téléphoner trois jours plus tard pour recueillir son avis et pouvoir enfin terminer le dossier sur lequel je travaillais.

— Si je comprends bien, elle a retardé l'avancée de votre travail. Vous lui en vouliez ? demanda le capitaine sur un ton qui laissait entendre la suspicion.

La jeune femme s'offusqua.

— Mais non, pas du tout, qu'êtes-vous en train d'imaginer ?

— Absolument rien, madame, je m'informe, tout bêtement, répondit Mathias posément.

— Donc depuis cet appel fin février, vous ne lui avez pas parlé ? s'informa le commandant, qui prenait des notes dans son carnet.

— Non, confirma la journaliste tout en jouant avec l'alliance en or blanc incrustée de petits diamants qu'elle portait à l'annulaire gauche.

— Madame Börje-Illuy, vous rappelez-vous ce que vous avez fait dans la nuit du 10 au 11 mars ? l'interrogea Philippe sans transition.

La jeune femme se redressa, fit tomber son sac à main, qu'elle avait posé sur le bord de son bureau, et s'accroupit pour ramasser le contenu, qui s'était répandu sur le sol.

— Pardon, vous disiez ? s'excusa-t-elle en rassemblant ses affaires, les mains tremblantes.

Le commandant, qui s'apprêtait à réitérer sa question, fut interrompu par Mathias, qui avait aperçu la boîte de médicaments qui s'était échappée du sac de la jeune femme.

— Vous êtes malade ? se permit-il de lui demander, emporté par la curiosité.

La journaliste se redressa, mal à l'aise.

— Ce n'est rien, juste un peu de stress lié au travail.

— Donc, que faisiez-vous dans la nuit du 10 au 11 de ce mois-ci ? reprit Philippe.

— Pourquoi est-ce important ? bafouilla-t-elle.

Le commandant décela en elle un début d'agitation.

— C'est une simple question, la procédure en quelque sorte. Ne vous inquiétez pas, la rassura-t-il.

— C'est que… Je ne sais plus trop… J'étais probablement chez moi, je ne sors pas beaucoup, le soir, déclara-t-elle.

— Votre mari pourra peut-être se souvenir pour vous ? lui dit Philippe.

Elle soupira.

— Je vis seule.

Le capitaine, à qui la jeune femme plaisait beaucoup, pointa alors l'alliance qu'elle ne cessait de faire tourner à son doigt.

— Séparée ? voulut-il savoir sans une once de discrétion.

La journaliste baissa les yeux.

— Eh bien, c'est un peu compliqué, je n'ai pas vraiment envie d'en parler, veuillez m'excuser, dit-elle, gênée.

— Aucun problème, cela ne nous regarde pas, n'est-ce pas, capitaine ? souligna Philippe en adressant à son collègue un regard appuyé en guise de réprimande.

Bien, nous n'allons pas vous déranger plus longtemps, poursuivit-il.

Mathias, qui ne laissait jamais passer l'occasion de faire une belle rencontre, sortit de la poche intérieure de sa veste une des petites cartes de visite qu'il gardait en permanence sur lui et la tendit à la jeune femme en souriant.

— Si vous voyez quelque chose qui pourrait nous aider à retrouver madame Hurrat, même un détail, n'hésitez pas, appelez-moi. Je réponds toujours aux belles demoiselles, de jour comme de nuit !

Philippe, embarrassé par l'attitude du capitaine, le coupa d'un ton sec.

— Ça suffit, allons-y ! Merci d'avoir répondu à nos questions, madame, dit-il en saluant la journaliste, tout en pressant Mathias vers la sortie.

Sans bouger, Sarah Börje-Illuy suivit des yeux les deux hommes et les regarda s'éloigner, le visage fermé. Elle n'avait pas su réagir face aux sollicitations très explicites du capitaine Cintève. Elle ne s'attendait pas à ce qu'un policier s'intéresse à elle, sur son lieu de travail et au milieu de tous ses collègues, et avait été totalement déstabilisée.

Mathias, lui, s'était senti animé d'une flamme dès qu'il s'était adressé à la jolie journaliste et avait encore la tête dans les étoiles en descendant l'escalier du magazine.

— On aura sûrement besoin de lui poser d'autres questions ces prochains jours, avança-t-il dans l'idée de revoir très vite la jeune femme.

— Arrête ça tout de suite ! Qu'est-ce qui t'a pris ? Ton attitude était déplorable, indigne d'un officier en service ! le fustigea Philippe, furieux.

Mathias tenta de se justifier :

— Phil, tu sais bien que mon cœur ne résiste pas à une jolie fille…

— Tu pourras t'intéresser à elle une fois que l'enquête sera bouclée, pas avant ! tonitrua le commandant.

— L'enquête peut très bien encore durer des mois, elle m'aura oublié d'ici là !

— Tu te fais toute une fiction, comme toujours. Tu ne l'intéresses probablement pas et dès demain, elle ne se souviendra même plus de toi ! lui lança Philippe qui ne se souciait pas de blesser son collègue et ami.

— Tu ne peux pas en être certain ! lui répondit le capitaine, qui cherchait à se convaincre que Philippe se trompait.

Ce dernier regarda Mathias droit dans les yeux.

— Peu importe, ne me refais plus jamais ça ou tu me contraindras à en référer à la hiérarchie ! le mit-il en garde.

Mathias haussa les sourcils.

— Tu ne ferais pas ça ! Pas toi !

— Détrompe-toi ! Si tu ne m'en laisses pas le choix, je n'hésiterai pas ! Je suis ton ami, mais je reste ton supérieur, lui rappela Philippe d'une voix ferme.

Mathias, qui comprit au ton dur du commandant qu'il mettrait ses menaces à exécution s'il était forcé de le faire, préféra se taire sans en rajouter davantage. Il mourait pourtant d'envie de lui parler un peu plus de cette journaliste, pour qui il avait eu un véritable coup de cœur. Un coup de cœur comme il lui arrivait souvent d'en avoir, car le capitaine, grand séducteur mais vrai sensible, se laissait toujours happer par les sentiments des premiers instants, qu'il ne cherchait d'ailleurs pas à contrer tant il aimait les sensations des prémices de l'état amoureux. Depuis l'échec de sa toute première relation, il avait enchaîné les suivantes sans jamais être capable de s'engager durablement. Tel un papillon, il aimait virevolter, se poser un court moment et reprendre son envol quand bon lui semblait. Il appréciait par-dessus tout de redécouvrir la liberté qu'une fin de relation lui procurait, avant de s'adonner à nouveau au jeu dangereux de l'amour éphémère. Mathias avait toutefois connu ces derniers mois une période bleue qui l'avait conduit à se remettre en question de mille façons. Il se sentait éteint et se demandait si le temps n'était pas venu pour lui de se poser enfin. À force de voir autour de lui les gens construire leur vie, s'épanouir et les entendre lui raconter leurs projets, l'envie de connaître lui aussi tous ces petits bonheurs quotidiens avait fini par le titiller. Il avait l'impression d'être arrivé à un tournant de sa vie, il ne lui manquait que la bonne personne pour sauter le pas. Il avait rencontré des dizaines de très belles femmes – des joviales, des dépressives, des sportives, des casanières, des bavardes, des timides –, mais aucune d'elles ne l'avait incité à aller de l'avant.

Or, au contact de la journaliste, simple et posée, qui montrait des signes de fragilité et qui dégageait une douceur naturelle, il s'était senti revivre et avait la conviction qu'elle pouvait être celle qu'il attendait. Il avait été chagriné de constater qu'elle était déjà mariée, mais il était bien décidé à la revoir en provoquant un peu le hasard. Il ne ferait pas cas de ce que Philippe lui avait intimé, non, il ne patienterait pas jusqu'à la résolution de l'enquête. D'ailleurs, la première chose qu'il ferait de retour au SRPJ, c'était de se renseigner sur elle. Il voulait absolument tout savoir. Son âge, son adresse, son lieu de naissance et il ne manquerait pas de lui demander – sous couvert de l'enquête – d'autres détails personnels la prochaine fois qu'il l'interrogerait.

Dix-huit heures dix

Le commandant Costali et le capitaine Cintève, qui n'avaient pu prendre contact avec les trois derniers noms de la liste, étaient rentrés au SRPJ. Les agents spécialisés, eux, avaient été rejoints par d'autres en milieu d'après-midi et se trouvaient toujours sur le terrain, affairés au relevé minutieux des indices. Les lieutenants, de leur côté, recherchaient encore quiconque aurait pu filmer ou voir passer la voiture de Caliéor Hurrat.

En l'absence d'une partie de l'équipe, le SRPJ était plus silencieux qu'à l'accoutumée et l'on aurait pu croire que la journée de travail avait touché à sa fin pour le reste des officiers, mais il n'en était rien. Tous aidaient sans relâche et comme ils le pouvaient à l'avancée de l'enquête.

Philippe et Mathias, qui n'avaient pas chômé, ne comptaient cependant pas s'arrêter là, bien qu'éreintés par cette journée de course contre la montre qu'ils venaient de passer. Après s'être servi un café noir qui les requinqua, ils s'attelèrent sans tarder à la vérification des casiers des personnes qu'ils avaient interrogées. D'abord ceux des enseignants auxquels ils avaient parlé le matin même, puis ceux des professionnels qu'ils avaient réussi à voir l'après-midi sur leurs lieux de travail respectifs, sans s'être annoncés.

Philippe, qui avait toujours trouvé cette tâche trop répétitive et avait pour habitude de la déléguer, s'essouffla assez vite.

— Tu as quelque chose ? cria-t-il à Mathias depuis son bureau, qu'il avait laissé grand ouvert tant le chauffage central trop poussé lui donnait des suées.

Le capitaine, qui avait terminé de passer au crible toutes les identités de la liste que Philippe et lui s'étaient divisée, abandonna son ordinateur et retrouva le commandant dans son bureau.

— Ils ont tous l'air *clean,* je n'ai rien relevé de douteux. Et toi ? demanda-t-il à Philippe, qui s'énervait après le clavier de son PC, qui dysfonctionnait subitement.

— Rien non plus pour le moment, déclara le commandant. Juste un détail qui te plaira sûrement.

— Quoi donc ? Qu'est-ce qui pourrait bien me plaire ? questionna Mathias, intrigué.

— Ta journaliste n'est pas mariée, lâcha Philippe en riant.

— Tu en es certain ? Elle portait pourtant une alliance…

— Je t'assure, j'ai vérifié, elle n'est pas mariée et ne l'a jamais été, précisa Philippe.

Le regard de Mathias s'illumina.

— C'est étrange, mais bon, ça ne me dérange pas. J'ai toujours aimé les femmes mystérieuses ! affirma-t-il. Je suis ravi d'apprendre que j'ai le champ libre, merci! ajouta-t-il en adressant un clin d'œil à Philippe.

— Tu es vraiment incorrigible!

— Je ne suis pas fautif! Avec cette info, c'est toi-même qui me pousses vers elle! riposta le capitaine.

— Pas du tout! Je ne fais que t'informer de ce qui ressort de mes recherches. De toute manière, tu aurais cherché derrière mon dos si je ne l'avais pas fait moi-même.

Mathias s'esclaffa.

— On dirait que tu me connais un peu trop bien! Je me demande comment tu aurais réagi si tu m'avais pris en flagrant délit!

— Mieux vaut pour toi ne pas le savoir, répondit le commandant sur un ton faussement menaçant. Allez, maintenant, laisse-moi finir, Don Juan!

Le capitaine Cintève sourit, sortit du bureau de Philippe et rentra chez lui sur un petit nuage, s'imaginant déjà revoir la jolie Sarah. Le commandant Costali, quant à lui, s'appliqua à terminer la vérification des casiers, puis prit le temps de rédiger un procès-verbal détaillé de la journée malgré sa fatigue et l'heure déjà bien avancée, avant de s'accorder enfin un repos bien mérité.

Chapitre 4

23 mars

Neuf heures quarante

Le laboratoire de police scientifique de Lille avait œuvré toute la nuit et venait de transmettre les résultats d'analyse des indices prélevés la veille sur le terrain par l'équipe technique. Philippe et Mathias, qui étaient restés optimistes jusque-là et avaient beaucoup espéré de ces analyses, semblaient maintenant complètement abattus.

— J'ai du mal à croire que ces centaines de prélèvements n'aient rien révélé! grogna le commandant, qui fixait désespérément des yeux le document.

— Je suis aussi étonné que toi. Je me dis qu'on a peut-être fait fausse route en considérant cet établissement et ce parking comme le point de départ, répondit le capitaine à son collègue.

— Je ne vois pas quelle autre hypothèse on pourrait émettre. Je te rappelle que la voiture de Caliéor Hurrat s'est évaporée le jour de sa disparition alors qu'elle était stationnée sur le parking de ce lycée !

— Elle est peut-être finalement rentrée chez elle et il lui sera arrivé quelque chose en sortant le lendemain, suggéra Mathias.

— Non, ce n'est pas plausible, on en a déjà parlé. Souviens-toi, on a fouillé son domicile et on a conclu qu'elle n'y avait pas passé la nuit : on n'a pas retrouvé les vêtements qu'elle portait le soir de sa disparition, lui remémora le commandant.

Mathias soupira.

— Je sais… Mais si elle avait remis le même tailleur le lendemain matin ?

— Ainsi que les mêmes chaussures et le même manteau ? C'est peu probable, ses collègues m'ont assuré qu'elle ne portait jamais la même tenue deux jours de suite, l'informa Philippe.

— Alors il a pu se passer un truc pendant son trajet en voiture jusque chez elle. Il faisait nuit, les routes sont peu éclairées, elle était fatiguée, elle a pu s'endormir au volant et avoir un accident, émit le capitaine.

Le commandant réfuta l'idée.

— Impossible. Les parents ont téléphoné à tous les hôpitaux du coin, aucune femme correspondant à sa description n'y a été admise dans la nuit du 10 au 11 mars. Le lieutenant Adeliam a vérifié. Elle n'a pas pu avoir d'accident.

— Dans ce cas, on l'aura agressée à la porte de chez elle, juste au moment où elle s'apprêtait à rentrer, ce qui pourrait expliquer qu'on n'ait pas retrouvé ses vêtements et qu'elle ne se soit pas présentée à son travail le lendemain matin.

— Si c'était le cas, sa voiture serait encore garée près de chez elle à l'heure qu'il est. Or, elle n'est pas là-bas non plus.

— Pas forcément. Imagine qu'on l'ait agressée pour lui voler sa voiture, il est logique de ne pas trouver le véhicule stationné près du domicile, non ?

Philippe prit un petit air railleur.

— Et pour ne pas laisser de traces de son larcin, ton voleur de voiture aurait aussi embarqué cette femme ?

— Ne te moque pas, Phil, j'essaie simplement de comprendre ce qui a pu se passer. Si on pousse la réflexion un peu plus loin, on pourrait même opter pour un enlèvement avec un kidnappeur qui aurait utilisé la voiture de l'enseignante pour la transporter on ne sait où.

— Ce serait un kidnappeur sacrément idiot sachant que c'est ce véhicule qu'on chercherait en premier, mais bon, ça s'est déjà vu, gloussa Philippe.

— Quelqu'un peut très bien l'avoir enlevée par vengeance ou par pulsion.

— Le motif de la vengeance ne tient pas vraiment, on sait que c'est une femme sans histoires et tout le monde semble l'apprécier, objecta le commandant. Quant à la pulsion, tu m'excuseras, mais j'ai quelques difficultés à imaginer un passant avoir soudainement envie d'enlever une jeune femme dans la rue.

— Et si un promeneur, un squatteur ou un déséquilibré avait tenté de la violer en la voyant sortir de sa voiture et, dans la panique, l'avait ensuite embarquée dans cette même voiture ? souleva le capitaine qui commençait à épuiser toutes ses idées.

— Cette hypothèse n'est pas assez solide. Un violeur n'aurait pas choisi cette rue pour perpétrer son agression, elle est trop passante, même aux heures tardives. Et puis la jeune femme se serait débattue et aurait laissé des traces, or aucun habitant du quartier n'a entendu crier ce soir-là et les prélèvements qui ont été faits sur les trottoirs n'ont rien donné. Et le lieutenant Bala a confirmé hier que les maisons d'arrêt et les hôpitaux psychiatriques de la région n'ont signalé aucune évasion récemment. Et…

Mathias l'interrompit d'un geste de la main.

— OK, Phil, c'est bon, j'ai compris, tu n'y crois pas ! On laisse tomber cette théorie-là !

— Et si on revenait sur celle de la disparition volontaire ? se ravisa Philippe, qui avait pourtant très vite exclu cette possibilité en début d'enquête.

Le capitaine s'étonna du revirement soudain de son collègue.

— Cette fois-ci, c'est moi qui n'y crois pas ! Franchement, si tu voulais disparaître, tu irais travailler bien gentiment pour te faire la malle quelques heures plus tard, directement à la sortie de ton boulot, sans même chercher à emporter quelques affaires ? Cette femme n'a pas le profil !

— N'oublie pas qu'on n'a trouvé ni sac à main, ni portable, ni voiture. C'est ça que tu appelles ne rien emporter ? Elle a d'ailleurs très bien pu mettre quelques fringues à la hâte dans une valise, le matin même ou la veille, sans qu'on s'en aperçoive vu la quantité de vêtements dans ses placards, et prendre la fuite le soir sans repasser par chez elle ! Qui sait, elle a peut-être savamment programmé tout ça pour faire penser à une disparition inquiétante.

— Phil, réfléchis, elle aurait retiré de l'argent quelques jours avant pour préparer sa fuite, elle aurait fait le plein d'essence ou elle aurait acheté un billet d'avion, de train ou d'autocar. Or, le lieutenant Guillemau, qui a épluché ses relevés bancaires, n'a pas constaté de retraits ou d'achats importants. Ni les jours ni les mois qui ont précédé sa disparition. Elle n'a été repérée dans aucune gare ni aucun aéroport et la dernière fois qu'elle a utilisé sa carte de crédit, c'était le 8 mars, pour régler des courses dans un hypermarché. Phil, sérieusement, tu remplirais ton frigo deux jours avant de disparaître volontairement ?

— Je n'en sais rien, j'ai toujours eu du mal à me mettre dans la tête d'une femme ! Il faudrait peut-être que j'appelle mon ex pour qu'elle m'aide à y voir plus clair, plaisanta le commandant.

Mathias, qui avait toujours la jeune journaliste à l'esprit, sourit en se disant que lui aussi aimerait deviner les pensées d'une femme et anticiper ses actions et ses envies.

— Au fait, on a reçu ce matin le relevé des appels du téléphone de Caliéor Hurrat qu'on avait demandé en urgence à l'opérateur, se rappela le capitaine. Je n'ai pas eu le temps de t'avertir, le labo nous a transmis son rapport d'analyse au même moment. Pour te la faire courte, elle n'a pas passé d'appel depuis le 10 mars et son dernier texto remonte au 11, à minuit et quelques. Elle écrivait à une collègue.

— Oui, à madame Farelli, je suis au courant, répondit Philippe distraitement.

— Et ? Tu prendrais le temps d'envoyer un message banal à une de tes collègues quelques minutes avant de disparaître ?

Philippa douta à nouveau.

— Comme je te l'ai dit, si Caliéor Hurrat a tout calculé, pourquoi pas…

— Donc tu vas également trouver normal le fait qu'elle ait pensé à éteindre son téléphone avant de reprendre sa voiture et de se lancer dans sa fuite en pleine nuit ? Pour info, le bornage de son portable indique la zone du lycée comme dernière position, précisa le capitaine qui désapprouvait maintenant totalement le raisonnement du commandant.

Philippe s'obstina.

— Je te dirais qu'en effet, ça collerait avec une volonté de ne pas être retrouvée.

— Ou la volonté de la part d'un agresseur de ne pas être pris ! Bon sang, Phil, je ne te reconnais plus, ouvre les yeux ! lui adjura Mathias, qui ne comprenait pas pourquoi Philippe restait aussi borné.

Le commandant, qui n'avait su trouver le sommeil de toute la nuit et qui en était déjà à son quatrième café de la matinée, se prit la tête entre les mains et adressa un regard triste à Mathias.

— Tu as raison, excuse-moi, dit-il, le visage grave. J'essaie de me convaincre qu'il ne s'agit pas d'une disparition inquiétante parce qu'au fond de moi, je redoute de revivre le même cauchemar qu'il y a dix ans. Cette enquête me replonge dans le seul cas de disparition que j'aie eu à traiter jusqu'à aujourd'hui. Je revois encore les photos du cadavre de cette ado, enterrée dans un bois comme un chien. Je n'oublierai jamais les parents, qui avaient gardé espoir après tous ces mois passés à chercher leur fille et je les entends encore hurler à l'annonce de la découverte de son corps. Ces images m'ont rongé pendant des années, je ne supporterai pas ça une deuxième fois, tu comprends ?

Mathias, surpris que Philippe – qui n'exposait ses émotions qu'à de très rares occasions – se confie à lui, lui posa la main sur l'épaule.

— Phil, j'imagine parfaitement ce que tu ressens. En tant que commandant, tu as l'impression de devoir porter sur toi toute la responsabilité et tu cherches malgré ça à rester fort, mais en réalité, tu n'es pas seul, on est plus d'une dizaine à travailler à plein temps sur cette enquête et on se serre les coudes. Quand c'est dur et qu'on se sent près de flancher, on en parle entre nous, comme tu viens de le faire avec moi et je pense que, de temps en temps, le groupe aimerait que tu retires ta casquette de commandant et que ce soit plutôt l'homme qui s'adresse à eux. Tu ne dois pas avoir peur de te montrer à nu, c'est aussi de cette façon qu'on soude les liens dans une équipe.

Philippe releva la tête, manifestement étonné.

— Eh ben, dis-moi, je ne te savais pas si fin psychologue!

Mathias sourit.

— Je ne te l'avais jamais dit, ça fait partie de mes talents cachés.

Le commandant s'esclaffa.

— Tu es vraiment un homme exceptionnel, dans tous les domaines. Si j'étais une femme, je succomberais!

Le capitaine donna une tape dans le dos de son collègue, heureux de constater qu'il avait retrouvé son humour habituel.

— Le bon vieux Phil est de retour! J'aime mieux te voir ainsi, tu m'inquiètes quand tu perds ta motivation!

— Je ne suis pas démotivé, au contraire, je prends tellement cette affaire à cœur qu'il m'arrive d'angoisser et de ne plus être objectif dans ma prise de décisions. Mais ça va aller, maintenant, promit le commandant.

— Parfait. Donc, tu me suis sur la thèse de l'agression et tu laisses de côté celle de la disparition volontaire? revint à la charge le capitaine.

Philippe se mit à rire.

— Tu ne lâches jamais, c'est une autre de tes qualités! Mais j'avoue que sur ce coup-là, il me semble que j'ai eu tort et que la peur de revivre la même chose qu'il y a dix ans m'a aveuglé.

Mathias afficha une mine soulagée.

— Ravi que tu l'admettes enfin !

Le commandant s'empara de son téléphone.

— Allez, remettons-nous en selle et demandons aux lieutenants ce qu'ont donné leurs recherches d'hier après-midi !

— Inutile de les appeler, j'ai croisé Isaam en arrivant ce matin. Ils sont rentrés bredouilles hier soir, ils terminent de rédiger le procès-verbal, informa Mathias.

Philippe écarquilla les yeux et se laissa tomber sur son fauteuil de bureau, qui s'affaissa sous son poids.

— Tu ne vas quand même pas me dire que cette fichue voiture n'a pas été filmée par une seule caméra dans cette ville qui en regorge, à une époque où la vidéosurveillance est omniprésente ?

— Ce n'est pas aussi simple, Phil. Le trajet que Caliéor Hurrat aurait dû emprunter pour rentrer chez elle est assez court. Le lieutenant Isaam m'a expliqué que les collègues et lui n'ont pu y repérer que deux caméras, celle d'un distributeur de billets qui ne filme pas la chaussée et celle d'une maison individuelle qui ne filme que sa propre entrée. La ville n'a pas installé de caméras dans ce périmètre-là, donc impossible de savoir si la voiture est y passée.

Le commandant tapa du poing sur son bureau.

— C'est vraiment décourageant, mais on ne va pas en rester là! Étendons la recherche au département, fouillons les casses, les bois et les parkings, lançons une alerte pour qu'on nous signale tout véhicule qui serait abandonné ou stationné depuis plus de sept jours, bougeons-nous! Ça fait presque deux semaines que la famille est sans nouvelles! s'énerva-t-il.

Mathias prit un ton rassurant.

— Calme-toi, Philippe, le stress te gagne à nouveau. Tu sais bien que la voiture a déjà été signalée et que tous les commissariats et toutes les gendarmeries de ce pays connaissent la situation et nous avertiront s'ils trouvent le véhicule.

— On pourrait demander à envoyer une unité cynophile sur le parking du lycée, au cas où, avança le commandant, désespéré, qui tenait à utiliser toutes les ressources disponibles.

Le capitaine dévisagea Philippe, l'air apitoyé.

— Je t'en prie, mon vieux, je sais que cette enquête te prend aux tripes, mais ne perds pas la pertinence de tes jugements ni tes réflexes de flic! Envoyer des chiens pisteurs ne servirait strictement à rien, on est en pleine ville et ça fait treize jours que cette femme a foulé le bitume de ce parking, les odeurs sont noyées depuis longtemps!

Philippe soupira et adressa à Mathias un regard vide.

— Tu as raison, encore une fois…

— Il serait plus judicieux d'envoyer des plongeurs pour sonder les points d'eau, se risqua à dire Mathias, qui savait que Philippe rejetait toujours l'idée de ne pas retrouver l'enseignante en vie.

— La commissaire m'en a parlé hier soir. C'est prévu, les plongeurs devraient commencer leur travail de fourmi dans la journée. Ils chercheront d'abord dans la Deûle, murmura le commandant, qui avait toujours détesté que son fils se promène seul le long de cette rivière.

— C'est une bonne chose, mais j'espère comme toi qu'on n'y trouvera rien, compatit le capitaine. Sache que si l'on y découvre le corps de cette femme, c'est moi qui l'annoncerai aux parents. Sois tranquille, tu n'auras pas à vivre ça une seconde fois, dit-il à son collègue d'une voix affectueuse.

Philippe, que son divorce avait fragilisé et rendu très émotif, retint ses larmes et essuya son nez humide du revers de sa manche.

— Tu es un véritable ami, répondit-il, reconnaissant, la gorge serrée.

Mathias était inquiet. Il n'avait jamais vu son commandant aussi perturbé.

— Tu pourras toujours compter sur moi, lui certifia-t-il avant de prendre congé.

— Capitaine! l'apostropha le lieutenant Kerzaoui tandis qu'il regagnait son bureau. Je viens de voir la commissaire, elle a reçu un appel de la brigade envoyée hier en renfort pour aider aux recherches dans le parc près du lycée.

Mathias eut un regain d'espoir.

— De nouveaux éléments?

— Non, ils ont cherché partout plusieurs fois pendant des heures, mais n'ont absolument rien trouvé. Il faut laisser tomber ce parc, conclut le lieutenant.

— Bien, merci pour l'info, je transmettrai au commandant.

Le capitaine, que le lieutenant avait stoppé au beau milieu du couloir, se remit en marche, mais l'officier le héla à nouveau, l'air hésitant.

— Ah, autre chose! Mon neveu, qui est scolarisé au lycée des Trois Lys, m'a téléphoné hier soir pour me dire que quelques élèves ont lancé sur les réseaux sociaux un appel d'aide aux recherches de leur professeur. Ils organisent une battue samedi prochain dans le parc et ses alentours avec leurs parents et plusieurs enseignants. Est-ce qu'on laisse faire?

— Le parc vient d'être fouillé, mais oui, laissons. Ces gens ont besoin de se sentir utiles, je les comprends.

Et puis, on ne sait jamais... Contacte-les, communique-leur mon numéro et celui du commandant, et informe-les sur la procédure et les précautions à prendre en cas de découverte d'un indice, ordonna Mathias.

— Entendu, capitaine ! répondit le lieutenant, qui tourna immédiatement les talons.

Écoutant son envie soudaine de se dégourdir les jambes, Mathias passa devant son bureau sans s'y arrêter, traversa le couloir, monta deux étages à grandes enjambées, puis redescendit à l'accueil, où il se posta et prit le temps d'observer autour de lui les va-et-vient de ses collègues, la diode rouge du téléphone qui s'allumait dès qu'il se mettait à sonner, la porte d'entrée qui claquait à chaque fois que quelqu'un entrait ou sortait et le faisceau de rayons du soleil qui pénétrait dans le hall et laissait entrevoir la poussière qui volait. Mathias tendit ensuite l'oreille et nota ces bruits de fond sourds et réguliers qui l'agaçaient. Des touches de clavier que l'on enfonçait, des pas qui martelaient le sol à l'étage, la sonnerie monotone du téléphone et des voix irritées, tranchantes ou désenchantées.

L'appel du calme finit par le déloger du hall surchauffé et c'est avec empressement qu'il regagna son bureau et savoura sa tranquillité. Se souvenant des paroles que le lieutenant lui avait tenues un peu plus tôt à propos de la battue, il se mit à penser à ces élans de solidarité qui l'avaient toujours étonné. Il se demanda qui le chercherait, lui, s'il venait à disparaître. Ses collègues ? Évidemment. Ses anciennes conquêtes ? Certainement pas, elles préféreraient même le voir mort et enterré. Sa famille avec qui il était brouillé ? Probablement pas, il n'avait pas donné signe de vie depuis des années. Sa femme ? Il n'en avait pas et le regrettait amèrement. Ses enfants ? Inexistants, et il n'était pas prêt pour le moment. Ses amis peut-être ? Il pouvait aujourd'hui les compter sur les doigts d'une seule main, il les avait presque tous perdus à l'époque où il était plus occupé à courir les filles qu'à être présent pour eux. Il se dit alors que Caliéor Hurrat avait de la chance d'être appréciée et si bien entourée.

Un brin envieux, il ouvrit le dossier d'enquête que Philippe lui avait laissé, contempla la photo de la jeune enseignante et se mit à imaginer la vie qu'elle menait. Le cliché fourni par les parents la montrait souriante et datait du dernier été, qu'elle avait passé avec eux au bord de la mer. Le soleil faisait briller ses longs cheveux bruns, ses yeux pétillaient, elle semblait parfaitement heureuse. Ses nombreux amis l'avaient décrite comme une femme à la personnalité douce et parfois réservée, mais totalement épanouie, qui aimait la vie. Ses collègues et ses supérieurs avaient brossé d'elle un portrait élogieux et ses élèves avaient de la considération pour elle. Ses parents la disaient aimante, altruiste, confiante, mais toujours prudente et pas du tout extravagante.

Le capitaine avait beau retourner le problème dans tous les sens, il ne voyait vraiment pas qui, à part un déséquilibré, avait pu en vouloir à Caliéor Hurrat. Il ne parvenait pas à se convaincre qu'elle puisse s'être trouvée au mauvais endroit, au mauvais moment. Plus il regardait son visage sur la photo dépliée, plus il l'appréciait lui aussi et plus il souhaitait qu'elle soit là, quelque part, peut-être blessée, inconsciente, séquestrée, désorientée, mais en vie. Il redoutait terriblement le moment où on lui apporterait de nouveaux éléments qui permettraient de prouver avec certitude qu'il n'y a plus à espérer. Mais il se devait de rester solide et lucide, pour l'équipe, pour Philippe surtout. Ce collègue et ami sur qui il se reposait d'ordinaire s'était entièrement ouvert à lui pour la première fois, il en avait été touché et avait ressenti la nécessité de l'épauler à son tour et à sa manière. Mathias avait grandi dans une famille peu démonstrative et n'avait jamais appris à consoler les autres, mais ce matin-là, il avait tout de même réussi à faire savoir à Philippe qu'il ne l'abandonnerait pas. Il en était fier et se promit de tenir parole, quel que soit l'aboutissement de l'enquête.

Lentement, encore absorbé par ses pensées, le capitaine referma le dossier et le rangea provisoirement sur la petite étagère qu'il avait fait installer le mois précédent dans son bureau où s'amoncelaient depuis trop longtemps cartons et vieille documentation. Il regarda sa montre, qui affichait un peu moins de midi, et se rappela qu'il avait invité Philippe à déjeuner. Il en profiterait pour lui faire part de ce que le lieutenant Kerzaoui lui avait appris, tout en restant à l'écoute du commandant, qu'il devinait encore peiné par la tournure que l'enquête prenait.

Chapitre 5

28 mars

Quinze heures trente-cinq

L'enquête était au point mort depuis des jours. Les plongeurs avaient sondé en vain tous les points d'eau environnants et les battues organisées par la population n'avaient pas eu plus de succès. Pourtant, le SRPJ était en effervescence. La commissaire Chocard, qui avait été contactée en début d'après-midi par la police belge, avec qui elle s'était entretenue longuement, avait réuni en urgence toute son équipe.

— Tu sais ce qu'il se passe? demanda Mathias à Philippe tout en se dirigeant hâtivement vers la petite pièce qui leur servait de salle de réunion.

— Non, je l'ignore, mais vu la tête que fait la commissaire, c'est vraisemblablement très important!

— Je prie pour qu'elle nous annonce son départ, déclara Mathias qui, depuis sa méprise avec le préfet, n'avait plus jamais eu de bonnes relations avec sa supérieure.

Le commandant qui, lui non plus, n'avait pas eu que de bons rapports avec la commissaire, ricana tout bas.

— Tu risques d'être déçu, elle n'est pas près de s'en aller !

Tous deux entrèrent dans la petite salle dénuée de toute décoration et dépourvue de lumière depuis que l'électricien tardait à remplacer les deux ampoules qui avaient grillé.

— Un lien avec notre enquête, alors ? s'interrogea le capitaine.

La commissaire, qui attendait avec des signes visibles d'impatience que les membres de l'équipe qui arrivaient au compte-gouttes soient au complet, l'avait entendu.

— Quelle perspicacité, capitaine ! lui lança-t-elle d'un air moqueur.

Le visage de Philippe se ferma.

— Il y a du nouveau ? Pourquoi n'ai-je pas été prévenu tout de suite ? demanda-t-il, à la fois furieux et anxieux.

La commissaire le toisa.

— Vous avez été averti puisque vous êtes ici, répondit-elle d'une voix hautaine. Vous saurez tout dans un instant, commandant, ajouta-t-elle en refermant la porte, plongeant ainsi la salle dans une pénombre saisissante.

Pour marquer son mécontentement, Philippe choisit de rester debout, bras croisés, adossé au mur fissuré du fond de la salle, d'où quelques rais de lumière lui parvenaient depuis le voilage épais de l'unique et minuscule fenêtre de la pièce, tandis que Mathias s'assit sur la seule table qui n'était pas bancale, les mains posées sur le rebord, les jambes ballantes.

La commissaire sortit de veille un ordinateur au modèle dépassé et alluma le vidéoprojecteur qui trônait sur une desserte au milieu de la salle, en attente d'être fixé au plafond, qui nécessitait d'être d'abord câblé et consolidé.

— Bien, maintenant que vous êtes tous là, nous pouvons commencer. J'ai quelque chose à vous montrer, leur dit-elle.

Mathias et Philippe s'observèrent mutuellement sans mot dire.

— La reconnaissez-vous ? demanda la commissaire après avoir affiché sur grand écran la photo d'une jeune femme pâle.

Philippe crut défaillir.

— C'est Caliéor Hurrat, murmura-t-il, tremblant.

— En effet, commandant. Son corps a été retrouvé le 11 mars sur un banc, sur l'estacade de Nieuport.

La police belge n'a fait le recoupement avec notre avis de disparition que ce matin, expliqua la commissaire sans la moindre émotion alors que tous les officiers, choqués par l'annonce, se regardaient en silence.

Mathias hocha la tête d'un air incrédule et s'agita.

— Pourquoi les services belges n'ont pas communiqué avec les nôtres ? C'est incompréhensible !

La commissaire haussa les épaules.

— C'est toujours très compliqué, vous le savez autant que moi…

— Mais il n'y a pas eu d'autopsie ? Pas d'enquête ? intervint Philippe.

— L'enseignante ne portait rien qui permette de l'identifier, à part une bague dont les inspecteurs n'ont rien pu tirer. Son corps a été soigneusement lavé avant d'être déposé sur ce banc face à la mer, mais l'autopsie a néanmoins révélé une mort par asphyxie.

— Un accident ? s'enquit le lieutenant Guillemau, qui vivait cette situation pour la première fois.

— Malheureusement, elle a eu un peu d'aide. Le légiste a retrouvé des fibres au fond de sa gorge. Elle est morte par suffocation, affirma la commissaire, qui savait garder son sang-froid en toutes circonstances.

— C'est atroce ! chuchota le lieutenant Bala.

— Et dire qu'on a passé des jours à la chercher en vie alors que c'était fini pour elle depuis longtemps! lâcha le lieutenant Isaam avec désinvolture.

— Un peu de respect et de décence! vociféra la commissaire.

Mathias sursauta et se tourna vers Philippe, qui fixait ses pieds. Poser à nouveau les yeux sur la photo de Caliéor Hurrat était pour lui insoutenable.

— La police belge nous a-t-elle fait parvenir les détails de son enquête? demanda ce dernier, le regard braqué sur la commissaire.

— C'est en cours, commandant.

Le capitaine se souvint alors de la promesse faite à Philippe quelques jours auparavant.

— Avez-vous prévenu la famille? questionna-t-il.

— Pas encore, répondit la commissaire. Je vous laisse vous en occuper, j'ai à faire avec les autorités belges, se déchargea-t-elle en quittant la pièce.

Dix-huit heures vingt

Mathias était abattu. Il venait de raccompagner à la porte les parents effondrés de la jeune femme décédée, qu'il avait convoqués une demi-heure plus tôt pour leur annoncer la mort de leur fille. De toute sa carrière, il n'avait jamais été confronté à cette situation et n'avait pas imaginé l'horreur que c'était d'apprendre à quelqu'un le décès de l'être aimé. Il s'était senti tellement mal et tellement impuissant face à la douleur qu'il avait eu besoin de sortir un instant de la petite salle pour respirer, abandonnant la famille à ses larmes et à ses questions. Le front appuyé contre le mur du couloir et les poings serrés, il avait réussi à se ressaisir en pensant à Philippe et comprenait maintenant pourquoi son collègue ne voulait plus jamais avoir à vivre une pareille situation.

De retour dans son bureau, Mathias n'eut pas le temps de souffler. Le téléphone se mit à sonner avec insistance et il dut répondre à l'appel du commandant.

— Tu as eu d'autres infos ? demanda-t-il à Philippe, la voix encore cassée par l'émotion.

— Les Belges viennent de nous envoyer leur dossier d'enquête, répondit le commandant, la voix grave. Je t'attends dans mon bureau, dit-il au capitaine avant de raccrocher précipitamment.

Cintève rejoignit sur-le-champ le bureau du commandant Costali et s'assit devant l'ordinateur pour prendre connaissance des fichiers du dossier pendant que Philippe marchait à travers de la pièce en tournant nerveusement une cuillère en plastique dans son café froid.

— Tu ne remarques rien ? questionna Philippe avant même que Mathias ait terminé la lecture du dossier.

— Quoi donc ?

— L'un des rapports mentionne que le cadavre se prénomme probablement Sarah !

Le capitaine lui lança un regard interrogateur.

— Comment en sont-ils arrivés à cette hypothèse ?

Philippe posa son gobelet vide sur le bureau.

— Lis la deuxième annexe…

Les yeux de Mathias s'arrondirent.

— Ne me dis pas que c'est juste à cause de cette bague qu'ils ont retrouvée à son doigt ? s'étonna-t-il en consultant la photo du bijou jointe au dossier.

— Elle est gravée au nom de Sarah, les inspecteurs en ont donc déduit que c'était certainement son prénom. Mais on sait tous que cette femme s'appelait Caliéor. Alors, que faisait-elle avec une bague gravée au nom d'une autre ?

— Étrange, en effet… D'autant que le rapport précise qu'elle la portait à l'annulaire gauche. Sauf qu'elle n'était ni fiancée ni mariée, ses parents me l'ont encore confirmé tout à l'heure. C'est drôle, quand même, cette manie qu'ont les femmes de faire croire qu'elles sont déjà prises ! lança Mathias en riant.

Philippe ne voyait pas à quoi son collègue faisait allusion.

— Que veux-tu dire ?

— Non, rien, c'est juste que j'ai encore cette journaliste en tête et souviens-toi, elle aussi porte une alliance à l'annulaire gauche alors qu'elle est célibataire !

Le commandant se figea.

— Quel était son nom, déjà ?

— Börje-Illuy. Sarah... Une simple coïncidence, répondit Mathias du bout des lèvres.

— C'est ce que te dit ton instinct de flic ? Tu sais comme moi que le hasard n'existe pas en criminalité !

Le capitaine déglutit.

— Phil, avant de nous alarmer, demandons d'abord aux parents s'ils savent d'où vient cette bague et s'il n'existe pas une Sarah dans l'entourage proche de leur fille, suggéra-t-il.

Le commandant acquiesça et composa immédiatement le numéro de la mère de Caliéor Hurrat. Leur conversation, qui ne dura pas plus de trois minutes, ne rassura pas Mathias. La mère avait été catégorique. Sa fille avait, certes, l'habitude de porter une bague à l'annulaire gauche, mais le bijou n'était pas gravé et ne ressemblait en rien à la description que le commandant lui avait faite de celui retrouvé au doigt de la jeune femme. La mère, en pleurs, avait également affirmé qu'à sa connaissance, il n'y avait aucune Sarah dans la famille proche ou lointaine ni parmi les amis de sa fille.

— Ce qui ne nous laisse plus le choix, conclut Philippe.

— Effectivement, il va falloir éclaircir certaines choses, admit le capitaine, l'air embarrassé.

— Rappelle-moi ce qu'elle nous a dit qu'elle faisait le soir du 10 mars, ta journaliste ? voulut savoir le commandant, qui avait une fâcheuse tendance à confondre les déclarations.

— Euh, il me semble qu'elle était chez elle, seule… marmonna Mathias, de plus en plus mal à l'aise.

— Voilà qui n'est pas bon pour elle ! pensa tout haut Philippe.

Le capitaine, qui s'était déjà imaginé vivre une belle histoire avec la jolie journaliste, peinait à réfléchir, sonné par les doutes qui pesaient sur elle.

— Alors, on fait quoi ?

— Je ne sais pas toi, mais moi, je me fendrais bien d'une petite convocation !

Mathias lui jeta un regard réprobateur.

— Carrément ! En somme, tu n'essaies même pas de me ménager !

— Tu proposes autre chose ?

Le capitaine baissa la tête et resta coi.

— C'est bien ce que je me disais ! lui répondit le commandant qui, avec le temps, avait fini par apprendre à décrypter les silences de son collègue. Donc, c'est réglé ! ajouta-t-il, satisfait. Et c'est toi qui auras l'honneur de lui téléphoner pour fixer le jour et l'heure ! Elle le prendra sûrement mieux si c'est toi qui appelles! Ne me remercie pas, c'est cadeau! lança-t-il en riant.

— Je fais ça maintenant? bégaya Mathias.

— Tu as mieux à faire, peut-être? Je croyais que tu n'attendais que ça, revoir ta journaliste! ironisa Philippe.

Mathias avait perdu tout sourire.

— Comme témoin, oui, j'en avais très envie. Mais pas comme suspecte! Parce que c'est ce que tu fais, la suspecter, n'est-ce pas?

— J'émets des doutes, je ne suspecte pas! rectifia le commandant.

— Tu peux m'expliquer la différence? grommela le capitaine.

— Du calme, mon vieux. On va juste lui poser quelques questions pour essayer de démêler cette affaire et cette histoire de bague, c'est tout.

— Vu l'heure, elle a déjà dû quitter son travail, donc je suppose que j'appelle directement chez elle?

Philippe sourit.

— Tu supposes bien. Je suis sûr que tu as hâte d'entendre sa voix délicate!

Mathias s'emporta.

— Arrête ça, tu veux, ça n'a rien d'amusant! Tu devrais me soutenir au lieu de m'enfoncer!

— C'est vrai, mais ce n'est pas moi qui me suis entiché d'elle ! Et ne me dis pas que je ne t'avais pas prévenu ! riposta le commandant.

Le capitaine, qui ne trouva plus rien à redire, se tut et, l'air lugubre, décrocha le téléphone. Intérieurement, il priait pour ne pas réussir à joindre la jeune journaliste, mais il ne lui fallut malheureusement même pas attendre la deuxième sonnerie pour l'avoir au bout du fil. Tendu par la présence de Philippe, il ne la laissa pas parler et la convoqua dès le lendemain.

29 mars

Dix-huit heures cinq

Posté derrière la fenêtre de son bureau, qui donnait sur le boulevard encombré, le front appuyé sur la vitre, le capitaine Cintève scrutait avec anxiété toutes les allées et venues sur les trottoirs mouillés pour voir Sarah Börje-Illuy arriver. L'heure de sa convocation était dépassée depuis quelques minutes et il commençait à se demander si elle se présenterait. Bien que découvrir son chez-elle ne lui déplairait pas, il n'osait imaginer aller la chercher à son domicile pour l'amener de force au SRPJ. Quand il y repensait, il se disait qu'il pouvait presque parler de coup de foudre pour cette journaliste dont il ne savait rien. Il avait succombé à ses traits harmonieux, avait aimé sa douceur et avait souri à sa maladresse. Pour rien au monde il ne souhaitait la voir impliquée dans cette affaire et il se promit d'éviter autant qu'il le pourrait de l'exposer aux questions parfois un peu crues de Philippe lors des auditions qu'ils menaient la plupart du temps conjointement.

Il songeait à la jeune femme depuis plus de dix minutes lorsque son regard se posa enfin sur elle. Elle était là, à se hâter dans la rue, ballerines aux pieds et parapluie fermé à la main. Soulagé, il l'observa s'approcher jusqu'à la voir s'engouffrer dans les locaux du SRPJ puis, sans attendre que l'accueil le prévienne de son arrivée, vint à sa rencontre dans le hall d'entrée.

— Navrée pour le retard ! Une panne de métro, lui expliqua-t-elle, essoufflée.

Le cœur de Mathias tambourinait dans sa poitrine.

— Aucun problème. Suivez-moi !

La journaliste lui emboîta le pas et sans un mot, pénétra dans le bureau du capitaine, que ce dernier avait pris le soin de ranger, sans trop savoir pourquoi. Poliment, la jeune femme attendit qu'il l'invite à s'asseoir et se débarrassa de son trench et de son sac avant d'interroger Mathias du regard.

— Nous allons devoir patienter un peu. Le commandant Costali se joindra à nous dans quelques instants, nous ne pouvons pas commencer sans lui. Puis-je vous servir un café en attendant ? proposa-t-il aimablement.

La journaliste déclina son offre et tous deux se retrouvèrent à s'observer mutuellement, dans un silence qui déconcertait Mathias et qui, visiblement, gênait également tout autant la jeune femme, mais qui, fort heureusement, ne dura qu'un court moment.

— Me voilà, bonjour madame ! lança le commandant en entrant en trombe dans le petit bureau. Madame ou mademoiselle ?

— Mademoiselle…

Philippe hocha la tête.

— C'est bien ce que vos papiers nous ont raconté.

— Vous avez fait des recherches sur moi ? s'étonna-t-elle.

Mathias voulut la rassurer.

— Dans cette enquête, nous avons vérifié les identités de beaucoup de gens.

Elle protesta.

— Mais tous n'ont pas été convoqués. Je me suis renseignée, moi aussi !

Mathias sourit.

— C'est vrai, on devrait garder en mémoire que vous êtes journaliste et que c'est également votre métier d'obtenir des informations.

Elle changea de position sur sa chaise inconfortable.

— Pourquoi suis-je ici ?

— Nous avions besoin de vous voir pour vous parler d'un détail troublant de l'enquête, entama le commandant.

— Je vous écoute.

Philippe plongea le nez dans les procès-verbaux qu'il avait apportés.

— Bien. D'après les parents de Caliéor Hurrat, leur fille portait souvent une alliance, bien que n'étant pas mariée. Lorsque vous avez interviewé cette enseignante, avait-elle une bague à l'annulaire ?

La journaliste hésita, incertaine.

— Euh, oui, il me semble.

— Comment était cette bague ? demanda Mathias.

— Une alliance toute simple, je crois, je n'ai pas vraiment fait attention.

— Lui avez-vous offert ce bijou ? questionna le commandant sur un ton froid et direct qui fit sourciller la journaliste.

— Pardon ? Pourquoi lui aurais-je offert une alliance ? Je la connaissais à peine et ce n'est pas le genre de cadeau que l'on fait à une autre femme !

Philippe sortit la photo du bijou retrouvé sur le corps de Caliéor Hurrat.

— Et cette bague-là ?

Sarah Börje-Illuy marqua un temps d'arrêt.

— Euh, non plus, finit-elle par répondre sans quitter la photo des yeux. À qui est-ce ?

Philippe la dévisagea.

— Nous avons pensé qu'elle pouvait peut-être vous appartenir.

— Je ne comprends pas… Pourquoi cette bague m'appartiendrait-elle ?

— Parce que votre prénom est gravé à l'intérieur, lâcha le commandant.

Mathias observa la journaliste se raidir.

— Commandant, comme vous le savez certainement, Sarah est un prénom extrêmement fréquent, se défendit-elle.

— Mais vous êtes la seule de l'entourage de Caliéor Hurrat à le porter… avança Philippe.

— Sauf erreur de ma part, au moins deux de ses élèves le portent également, rectifia-t-elle sèchement.

Le commandant et le capitaine affichèrent des visages surpris.

— Nous n'avions pas cette information. Nous vérifierons, déclara Mathias.

— Très bien. Et maintenant, puis-je m'en aller ? demanda posément la journaliste.

— Une dernière question, si vous le voulez bien, mademoiselle, et ensuite, je vous raccompagnerai, formula Mathias avec courtoisie.

— Entendu.

Le capitaine attrapa le dossier d'enquête.

— Vous souvenez-vous de ce que vous faisiez le soir où Caliéor Hurrat a disparu ?

— Vous vous répétez, capitaine, je vous ai déjà répondu l'autre jour à ce sujet, fit-elle remarquer d'une voix légère. Encore la procédure de routine ?

Mathias éluda la question de la jeune femme.

— S'il vous plaît, rappelez-nous ce que vous faisiez ce soir-là.

— J'étais sans doute chez moi, je vous l'ai déjà dit, je ne me souviens plus vraiment.

Philippe prit la parole.

— Et quand vous êtes chez vous, à quoi occupez-vous vos soirées ?

— C'est au gré de mes envies, commandant. Je lis, je regarde la télévision, j'écoute de la musique, je travaille sur mon ordinateur, je sors avec des amis… Je ne décide jamais à l'avance, ma vie n'est pas millimétrée, répliqua-t-elle sur un ton moqueur.

Philippe insista.

— Et vous ne vous rappelez plus pour laquelle de ces activités vous avez opté le soir du 10 mars ?

Sarah Börje-Illuy soupira.

— Absolument pas, je suis désolée.

L'air sombre, Philippe posa devant la journaliste un document rempli de données surlignées.

— Vous ne saurez donc pas m'expliquer pourquoi votre téléphone portable a borné dans la zone du lycée ce soir-là…

Mathias, que Philippe n'avait pas tenu au courant de ces éléments, lança un regard noir à son collègue et vit la journaliste se figer une fraction de seconde.

— Eh bien, je suis insomniaque et il m'arrive de sortir me promener pour m'aider à trouver le sommeil plus vite, expliqua-t-elle.

— En pleine nuit ? Sous la pluie ? Pendant plus de quatre heures ? Vous vous fichez de nous ? hurla Philippe.

La jeune femme se recroquevilla, puis se reprit.

— C'est possible, en effet, que je sois sortie marcher un peu ce soir-là. Il m'arrive régulièrement de me promener le soir lorsqu'il fait nuit, je ne crains ni le noir ni le mauvais temps. J'ai pu passer machinalement devant le lycée, j'habite tout près, je me balade souvent dans ce coin.

Incrédule, le commandant répéta :

— Durant plus de quatre heures ?

La journaliste paraissait maintenant sur la défensive.

— Rien d'étonnant, je pratique la randonnée et pars toujours plusieurs heures. Tous mes amis pourront vous le confirmer.

— Bien, vous pouvez y aller, mademoiselle, merci de vous être déplacée, coupa Mathias, embarrassé.

— Nous vous recontacterons si besoin, termina le commandant.

Soulagé que l'audition ait pris fin, le capitaine Cintève se leva et raccompagna la jeune femme à l'accueil, sans oublier de la saluer chaleureusement. Les quelques minutes qu'il venait de passer avec elle n'avaient fait qu'accroître son attirance et malgré les circonstances, c'est le sourire léger aux lèvres qu'il s'en retourna dans son bureau, où il retrouva Philippe, qui relisait le procès-verbal pour la troisième fois.

— Je ne la sens vraiment pas, elle a réponse à tout, dit ouvertement le commandant à Mathias.

— C'est normal, elle est journaliste, plaida le capitaine pour excuser sa jolie Sarah.

Philippe claqua le dossier d'enquête sur le bureau.

— Pitié, ne la laisse pas t'aveugler ! s'écria-t-il.

Le capitaine sursauta.

— Je sais encore faire la part des choses, Phil. C'est juste que dans le cas présent, je ne la vois pas s'attaquer à Caliéor Hurrat. Elle ne l'a côtoyée que très peu, de manière ponctuelle et dans le cadre de son travail. Et franchement, elle n'a aucun mobile !

— Quelque chose nous échappe sûrement, marmonna le commandant tout en réfléchissant.

— C'est sûr qu'en ce qui me concerne, un élément m'échappait ! Tu aurais pu me dire que tu avais demandé un bornage de son téléphone et que tu avais obtenu le relevé ! J'aurais apprécié de ne pas apprendre tout ça en même temps qu'elle ! reprocha Mathias à son supérieur.

— Navré, mais tel que je te connais, tu lui aurais encore trouvé des excuses et tu aurais cherché à la ménager pendant l'audition. Je tenais à l'effet de surprise.

Le capitaine prit un air offensé.

— Tu as réussi ton coup ! Je ne savais plus quoi lui dire, j'ai dû passer pour un idiot !

— Rassure-toi, ça ne s'est pas vu du tout, se moqua Philippe. Allez, rentre chez toi, remets-toi de tes émotions et reviens demain frais, dispos et l'esprit clair !

— Et toi, tu vas dormir avec le procès-verbal de cette journaliste sur l'oreiller ? le railla Mathias.

Le commandant agita le document sous le nez de son collègue.

— File ou je reconvoque ta copine ! riposta-t-il en riant.

Chapitre 6

30 mars

Neuf heures cinquante

Le capitaine Cintève était contrarié. Le commandant Costali lui avait ordonné de réinterroger dans la journée tous les clients qui avaient dîné au restaurant du lycée le soir de la disparition de Caliéor Hurrat. Mathias avait commencé par réentendre le couple qui avait quitté le restaurant en dernier. Le mari avait assuré à nouveau que la professeur était seule lorsque sa femme et lui étaient partis – ce qu'avait confirmé la caméra à l'entrée de l'établissement, qui n'avait filmé aucune autre sortie après celle de l'enseignante –, mais son épouse s'était étonnée que bien qu'étant les derniers à partir, il y ait encore deux voitures sur le grand parking, en plus de la leur. Ce détail, que la cliente avait omis de préciser dans sa précédente déclaration, avait intrigué Mathias, qui avait alors cherché à en savoir davantage.

La femme s'était ainsi souvenue que les deux petites citadines étaient garées à quelques mètres l'une de l'autre, toutes deux de couleur assez sombre. Quand le couple avait allumé les phares de son 4x4, l'épouse avait également remarqué que le pare-chocs avant de l'un des deux véhicules était légèrement enfoncé et que la plaque d'immatriculation – dont elle n'avait pas regardé le numéro – était fortement gondolée.

Le capitaine avait immédiatement transmis ces informations au commandant qui, sans attendre, avait appelé la compagnie d'assurance de Caliéor Hurrat. Celle-ci lui avait certifié qu'aucun accident n'avait été déclaré pour le véhicule de l'enseignante. Philippe avait ensuite contacté le lycée des Trois Lys pour savoir si quelqu'un avait eu connaissance d'un éventuel accrochage dont la jeune femme aurait été victime ou responsable. Quatre professeurs ayant pu lui affirmer que la voiture de leur collègue n'avait subi aucun choc récent ni ancien, le commandant Costali avait déduit que le véhicule endommagé n'était pas celui de Caliéor Hurrat, mais le deuxième, celui qu'il était impossible de rechercher. Les autres clients du restaurant n'avaient, en effet, pas été en mesure d'apporter une quelconque précision sur cette voiture, ce qui empêchait toute identification.

— Et maintenant, comment fait-on si personne ne peut nous aider à l'identifier ? demanda Mathias à

Philippe, qui était en pleine réflexion, les mains entrecroisées sous le menton.

Le commandant se voulut pour une fois optimiste.

— Je ne dirais pas que personne ne peut nous aider.

Le capitaine leva les sourcils, interloqué.

— Comment cela ?

— Il y en a bien une qui pourrait également avoir aperçu cette voiture… avança Philippe d'une voix mystérieuse.

La réaction de Mathias ne se fit pas attendre.

— Une ? Ne me dis pas que tu penses à la journaliste !

— Si, parfaitement ! Elle s'est promenée des heures cette nuit-là dans cette zone. Cette fille est tellement bizarre qu'elle a très bien pu se balader aussi sur le parking près du lycée et remarquer cette voiture cabossée.

— Donc, je dois encore lui téléphoner et passer pour le mec qui en a après elle ?

Philippe attrapa sa veste et ses clés.

— Pas de panique, on va juste lui demander si elle a vu quelque chose.

— Tu as déjà fini ta journée ? questionna Mathias en voyant le commandant sur le départ.

— Loin de là ! Je dois passer au lycée hôtelier, le proviseur a demandé à me voir, mais comme il est très occupé, je lui ai dit que ce serait moi qui viendrais à lui, expliqua Philippe en riant. Et tu viens avec moi !

On s'arrêtera à Edu'Mag, c'est sur la route. On en profitera pour voir ta journaliste, ajouta-t-il en donnant un coup de coude amical à Mathias.

Le capitaine s'agita.

— Quoi ? Mais ce n'est pas la procédure ! Pourquoi on ne la convoque pas ?

— Détends-toi, on lui pose juste une question et on s'en va, ce sera plus rapide de cette façon et je suis sûr qu'elle nous remerciera de lui avoir évité un déplacement ! On passe pile devant son lieu de travail, ce serait dommage de ne pas y faire un petit arrêt, tu ne crois pas ? soutint Philippe en lançant la clé de la voiture de service à Mathias. Tu conduis ! Ma jambe me fait souffrir, aujourd'hui, lui dit-il sans lui demander son avis.

Dix heures cinquante-cinq
Pour une fois, la circulation sur les grosses artères de la ville était fluide et les deux officiers arrivaient déjà dans la rue Maé Sens, où s'imposait la grande bâtisse d'Edu'Mag.

— Ici, les places libres ne sont pas monnaie courante, alors gare-toi dès que tu peux, conseilla Philippe à Mathias.

— Et ta jambe ? Ça va faire une trotte. On peut essayer de trouver une place un peu plus près, proposa le capitaine.

— Ne t'en fais pas pour moi, ça ira. Si je fatigue, tu me porteras sur ton dos ! plaisanta Philippe.

Quelques mètres plus loin, les deux hommes trouvèrent à stationner et prirent à pied la direction d'Edu'Mag. Le commandant Costali, qui boitait et qui avait refusé l'aide de Mathias, ralentissait la marche, tandis que le capitaine Cintève, les mains dans les poches, avançait au rythme de son ami.

— Pause ! réclama soudainement Philippe, essoufflé par l'effort.

— Tu vois, je t'avais bien dit qu'il ne fallait pas se garer aussi loin ! le gronda Mathias.

Philippe s'assit sur le capot d'un véhicule en stationnement.

— Cinq cents mètres, ce n'est quand même pas le bout du monde ! J'ai simplement besoin de reprendre ma respiration.

Le capitaine secoua énergiquement la tête.

— Appuie-toi plutôt sur moi, on fera quoi si tu déclenches l'alarme de cette voiture ?

— On est flics, on dira qu'on procède à un contrôle du véhicule ! répondit Philippe, qui n'avait pas perdu son humour malgré la douleur qui ne le quittait pas.

Mathias lui tourna le dos, s'éloigna de quelques pas et lui cria :

— Tu es seul sur ce coup-là, mon vieux, je ne te connais pas!

Philippe, qui savait la crainte qu'avait toujours eue le capitaine de se faire appréhender par des collègues, se moqua de lui.

— Lâcheur! lui lança-t-il en riant.

Mathias, qui ne semblait pas avoir entendu le commandant, revint vers lui précipitamment, le visage défait.

— Qu'est-ce qu'il t'arrive? Tu as vu la police? continua à plaisanter Philippe.

— Redis-moi ce qu'on vient demander à Sarah Börje-Illuy? bafouilla Mathias.

Le commandant se redressa et regarda le capitaine avec inquiétude.

— Tu as déjà perdu la mémoire? Tu me fais peur, tu sais, toi…

Mathias inspira profondément.

— On veut savoir si le soir du 10 mars, elle a aperçu sur le parking du lycée hôtelier une voiture de type citadine et de couleur foncée, avec un pare-chocs avant embouti et une plaque d'immatriculation tordue, c'est bien ça? débita-t-il.

Philippe ouvrit de grands yeux.

— Oui, en effet, mais puisque tu t'en souviens, pourquoi tu me poses la question?

Le capitaine désigna du menton un véhicule garé de l'autre côté de la rue.

— Allonge un peu le regard.

Le commandant tourna la tête, détailla la voiture et afficha une mine surprise.

— Tu vois ce que je vois ? Tu penses à ce que je pense ? demanda Mathias.

— Approchons-nous ! Il faut y regarder de plus près !

Les deux officiers traversèrent la rue et arrivèrent à hauteur de la petite voiture noire.

— J'ai peine à le croire, ce doit être une coïncidence ! lâcha Philippe en observant le véhicule accidenté.

— Certes, mais nous sommes à deux pas de l'endroit où travaille la journaliste… Rappelle-moi qui a dit qu'il n'y a pas de hasard en criminalité ? lui remémora le capitaine en sortant son portable de sa poche.

— Appelle tout de suite le lieutenant Bala et demande-lui de nous trouver qui est le propriétaire de ce véhicule ! ordonna Philippe.

Mathias agita son téléphone.

— C'est exactement ce que j'allais faire !

Cinq minutes plus tard, le capitaine raccrochait, l'air affligé. L'identification était pourtant établie avec certitude et faisait progresser l'enquête de façon inespérée.

— Je ne veux pas y croire, murmura-t-il, la voix vacillante.

— C'est bien ce à quoi on pensait ?

Mathias avala sa salive avec difficulté.

— Cette voiture appartient effectivement à Sarah Börje-Illuy, confirma-t-il. Elle nous a menti, elle n'était pas à pied le soir de la disparition de l'enseignante…

Philippe se remit à marcher.

— Une chance qu'on se soit déplacés ! Allons-y, cette femme nous doit une explication !

Mathias restait abasourdi.

— Mais on fait quoi ? On l'embarque ?

— Attendons d'abord de voir ce qu'elle a à nous dire, décréta le commandant.

Pour la deuxième fois en huit jours, les deux hommes, qui se souvenaient parfaitement de la configuration des lieux, poussèrent la porte du magazine, montèrent le grand escalier et, sans s'arrêter à l'accueil, se dirigèrent tout droit vers le bureau de la journaliste, sous le regard soucieux de la standardiste.

Confus et empêtré dans ses sentiments, Mathias ne savait plus s'il devait espérer que la jeune femme soit là, contrairement à Philippe, qui attendait beaucoup de la conversation qu'il comptait bien avoir avec Sarah Börje-Illuy.

— On dirait bien qu'on ne pourra pas lui parler aujourd'hui, chuchota le capitaine en voyant le bureau vide.

Les lèvres du commandant se crispèrent.

— Elle est peut-être en pause, grogna-t-il.

— Cherchons un supérieur, il saura sûrement nous informer de son emploi du temps, suggéra Mathias.

— Trop long! coupa Philippe. Qui dirige ici et qui peut nous renseigner? cria-t-il de sa voix forte à l'ensemble des employés de l'*open-space*.

— Que puis-je pour vous, messieurs? leur répondit une femme souriante.

Le commandant la dévisagea.

— Vous êtes?

— Appelez-moi Sonia. Je suis journaliste, responsable de formation et référente pour les nouvelles recrues, informa-t-elle d'une voix assurée.

— Rien que ça… marmonna Mathias.

Philippe pointa de son index le fauteuil vide du bureau de Sarah.

— Nous souhaitons parler à mademoiselle Börje-Illuy. Où pouvons-nous la trouver?

— Sarah est aux archives. Je vais vous y conduire.

Les deux officiers la suivirent sans tenir compte des regards inquisiteurs que leur lançaient les employés sur leur passage.

— J'espère qu'il ne se passe rien de grave, j'apprécie beaucoup Sarah, déclara Sonia, qui s'apprêtait à ouvrir la porte de la petite salle des archives.

Le commandant l'arrêta en retenant la poignée et se mit à lui parler tout bas.

— Nous aimerions également connaître son emploi du temps de ces dernières semaines.

Sonia parut hésitante.

— Je peux vous imprimer le tableau de ses rendez-vous professionnels, mais je ne saurai pas vous aider davantage. À partir du moment où le travail est rendu en temps et en heure, chacun ici est libre d'organiser ses journées sans obligation d'en référer à la hiérarchie, expliqua-t-elle.

— Une entreprise moderne, comme c'est pratique… ironisa Philippe.

— Personne n'établit d'ordre de mission ? intervint Mathias, l'air sceptique.

— Pas systématiquement, bredouilla Sonia.

— Mademoiselle Börje-Illuy a-t-elle effectué des déplacements professionnels ce mois-ci ? lui demanda le commandant.

— Oui, plusieurs, mais je ne comprends pas pourquoi vous avez besoin de toutes ces informations, dit-elle d'une voix inquiète.

Philippe ne répondit pas.

— Quel a été le dernier rendez-vous de votre collègue ? l'interrogea-t-il.

— Je ne sais plus bien. Il me semble que Sarah l'a annulé au dernier moment, elle était malade.

Mathias se souvint alors de la boîte de médicaments qu'il avait vue tomber du sac de la journaliste lorsque Philippe et lui étaient venus l'interroger quelques jours plus tôt.

— Quand devait avoir lieu ce rendez-vous ? chercha-t-il à savoir.

Sonia leva les yeux au ciel.

— Je ne sais plus exactement, c'est loin. Un vendredi, je crois.

Le commandant plissa le front.

— À votre niveau, avez-vous connaissance des jours d'absence des employés ?

— Seulement pour les journalistes dont je suis la référente. Sarah en fait partie, leur apprit Sonia, qui ne saisissait toujours pas ce qui se passait.

— Pourriez-vous nous noter tous ses jours d'arrêt ou de congés du mois en cours ? lui demanda Philippe.

— Pour cela, il me faudrait accéder à mon ordinateur…

Les deux officiers hochèrent la tête en même temps.

— Allez-y, madame, et veuillez nous apporter le document dès que vous l'avez, lui dit le commandant Costali.

Ce dernier, qui – de toute la conversation – n'avait pas ôté sa main de la poignée de la porte de la salle, attendit le départ de la responsable pour entrer avec Mathias dans la petite pièce où se tenait Sarah Börje-Illuy, debout, au milieu d'une dizaine de cartons éparpillés à ses pieds. À la vue des policiers, la jeune femme – qui n'avait rien perçu de la discussion qu'ils avaient eue avec Sonia – afficha un air surpris.

— Mademoiselle, nous voudrions vous poser d'autres questions, mais avant cela, nous souhaiterions revoir certaines de vos déclarations, annonça le commandant de but en blanc.

— Je vous écoute…

Le capitaine ouvrit son carnet et fit mine de le lire.

— Vous avez déclaré que le 10 mars, vous êtes allée vous promener en pleine nuit près du lycée, est-ce exact ?

— Je vous ai déjà dit que c'était possible, mais que je ne m'en souvenais plus ! s'écria la journaliste.

Le commandant cacha son agacement.

— Essayez de vous souvenir. Vous êtes sortie à pied, avez parcouru plusieurs rues, avez fait le tour du lycée et êtes rentrée chez vous quatre heures plus tard. D'après ce que vous nous avez dit, c'est quelque chose que vous faites souvent et c'est aussi ce que vous avez pu faire ce soir-là, non ?

— Euh, oui…

Philippe émit un petit sifflement.

— Décidément, vous êtes très forte et je suis curieux de savoir comment vous avez fait !

— Comment j'ai fait quoi ? s'étonna Sarah Börje-Illuy.

— Comment il est possible de rentrer chez soi à pied tout en téléportant au même moment sa voiture sur un parking ! lui répondit Philippe sur un ton sarcastique.

Mathias, qui préférait laisser son collègue mener l'entretien, examinait le comportement de la jeune femme. Du calme absolu des premières questions, elle était maintenant passée à un état de stress évident qu'elle tentait cependant de masquer, les bras croisés, silencieuse, le regard fuyant.

— Vous ne trouvez rien à répondre ? Doit-on vous emmener de force avec nous ? la brusqua le commandant d'une voix glaciale.

La journaliste grimaça.

— Sur quel chef d'accusation ?

— Pour l'instant, nous ne vous accusons de rien, mademoiselle. Nous cherchons juste à comprendre, intervint Mathias.

La jeune femme sembla rassurée et, sur le point de formuler une réponse, fut interrompue par l'arrivée de Sonia, qui remit au commandant Costali le document requis quelques minutes plus tôt par le policier. À la lecture du feuillet, le visage de Philippe s'assombrit.

— On dirait bien que vous avez pris froid lors de votre petite balade du 10 mars, fanfaronna l'officier en ignorant l'attitude de repli de la journaliste.

— Je vous demande pardon ?

— Si j'en crois ce bout de papier certifié par votre responsable, vous vous êtes absentée du bureau toute la journée du 11 mars. Vous étiez malade… lut Philippe en appuyant volontairement sur ses derniers mots.

— Je ne vois pas où est le problème ! s'exclama la jeune femme en regardant sa montre. Excusez-moi, mais je vais devoir vous laisser, j'ai un rendez-vous, dit-elle aux deux officiers en se dirigeant vers la porte de la salle.

— Malheureusement, vous allez être contrainte de l'annuler. Nous allons poursuivre cette conversation dans les locaux du SRPJ, si vous voulez bien nous suivre, imposa fermement le commandant.

Il y eut un silence. La journaliste, décontenancée, s'arrêta sur le seuil de la porte et fit non de la tête. Puis ses yeux pivotèrent vers le capitaine.

— Mademoiselle, il vaut mieux pour vous ne pas vous y opposer, lui conseilla Mathias, qui redoutait un début d'esclandre.

Midi dix

Le retour au SRPJ s'était passé sans incident. Sarah Börje-Illuy avait finalement accepté de suivre les deux policiers, qui l'avaient fait monter en silence dans leur voiture de service. Le capitaine Cintève avait ensuite amené la jeune femme dans son bureau, avec une impression de déjà-vu qui ne le réjouissait pas vraiment, à la différence près que cette fois-ci, le commandant Costali avait demandé à son collègue de commencer sans lui.

Mathias fit donc asseoir la journaliste, qu'il sentait plus tendue et moins sûre d'elle que la dernière fois et appréhendait au fond de lui ce qu'elle lui dirait. Cette fragilité qu'elle dégageait à présent la rendait encore plus attirante à ses yeux et il éprouvait de grandes difficultés à la regarder sans le lui montrer.

— Vous n'avez pas à avoir peur, nous cherchons juste la vérité, entama-t-il pour rassurer la jeune femme en enclenchant la petite caméra qui filmerait son audition.

— Que voulez-vous savoir ?

Il se racla la gorge.

— Écoutez, Sarah… Hum, vous permettez que je vous appelle par votre prénom ? Certaines de vos déclarations nous semblent un peu confuses et plusieurs détails nous font penser que vous pourriez être liée au meurtre de Caliéor Hurrat.

— Qu'êtes-vous en train d'insinuer ? s'offensa la journaliste.

La voix de Mathias se mit à trembler.

— J'aimerais vous aider, mais si vous maintenez vos déclarations, nous penserons que vous tentez de nous cacher les faits et vous serez suspectée. Vous êtes probablement la dernière personne à avoir vu l'enseignante en vie ce soir-là. Admettez que ça puisse nous troubler…

La jeune femme serra son sac à main dans ses bras.

— Je ne l'ai pas vue le 10 mars comme vous le prétendez !

— Votre voiture a pourtant été aperçue sur le parking peu avant minuit. Nous avons des témoins, il n'y a aucun doute là-dessus. Et aujourd'hui, nous l'avons vue dans la rue Maé Sens, là où vous travaillez. Il sera donc très facile pour nous d'y faire des relevés pour savoir si Caliéor Hurrat y est montée, lui expliqua Mathias d'une voix posée.

— Vous trouverez forcément son ADN dans ma voiture puisqu'elle est montée dedans il y a quelques semaines !

Le capitaine fronça les sourcils.

— Je pensais que vous la connaissiez très peu… À quelle occasion est-elle montée dans votre véhicule ?

— J'ai passé quelques heures en immersion au lycée hôtelier, dans le cadre d'un dossier à réaliser pour mon travail. J'ai assisté au cours de cette prof. C'était un cours assez chahuté, la prof en est ressortie épuisée, tout comme moi. Alors, en fin de journée, je lui ai proposé d'aller boire un café. Nous avons pris ma voiture pour faire le trajet.

Philippe entra sur les derniers mots de la journaliste. Mathias, qui ne savait plus que penser, fut soulagé de le voir et lui rapporta avec précision les dires de la jeune femme.

— Et chez vous? On y trouvera aussi son ADN? l'interrogea le commandant d'une voix pressante et retentissante.

Les ongles de la jeune femme s'enfoncèrent dans le cuir de son sac.

— Oui, vous en trouverez également puisque Caliéor Hurrat est venue chez moi! Une seule fois, précisa-t-elle.

Philippe s'assit sur le bureau de Mathias et s'empara d'un stylo avec lequel il se mit à jouer.

— Dans quelles circonstances?

— Je l'avais invitée chez moi, un soir, pour la remercier de m'avoir accordé du temps. On a discuté longtemps, on a un peu bu, je n'ai pas voulu qu'elle prenne le volant, elle est restée dormir, elle est rentrée chez elle le lendemain matin, débita la journaliste d'une voix saccadée.

— Des témoins de cette soirée ? voulut savoir le commandant.

La jeune femme secoua la tête négativement.

— Je n'avais invité personne d'autre et les appartements voisins au mien sont vides.

Philippe lança son stylo en l'air et le rattrapa au vol.

— Ce sont de bien jolis récits que vous nous relatez… Des histoires qui vous permettent d'expliquer la présence de son ADN dans votre voiture et à votre domicile. Je suis d'ailleurs persuadé que vous répondrez affirmativement si je vous demande si Caliéor Hurrat a utilisé votre salle de bain, lui dit-il sur un ton détaché.

Sarah Börje-Illuy le regarda avec dédain.

— Si vous en êtes déjà convaincu, ne me posez pas la question !

— Vous avez raison, je ne vous demanderai donc pas non plus si on retrouvera votre ADN dans la voiture de Caliéor Hurrat, la nargua Philippe.

La jeune femme tressaillit.

— Je croyais que sa voiture avait disparu, répondit-elle d'une voix chevrotante.

— Parfaitement. Disparue en même temps que l'enseignante, et retrouvée en même temps qu'elle. Un coup de chance, bluffa le commandant.

Mathias posa sa main sur le genou de la jeune femme, qui serrait les lèvres.

— Sarah, expliquez-nous… murmura-t-il.

— Je… Je n'ai rien à dire, lâcha-t-elle entre deux inspirations.

— Dans ce cas, nous n'avons pas d'autre choix que de vous placer en garde à vue, déplora le capitaine, qui ne voulait pas en arriver là.

Philippe ravala un soupir d'exaspération.

— Pendant ce temps, je vais téléphoner aux parents de Caliéor Hurrat pour leur dire qu'on ne sait toujours pas qui a tué leur fille. Quel supplice pour eux et quel gâchis! Leur fille était plutôt jolie, regardez comment son assassin l'a traitée, lança-t-il en jetant sur le bureau les photos du corps de l'enseignante.

La journaliste se pencha, observa les photos et éclata en sanglots.

— On la dirait juste endormie sur ce banc. Elle est morte, mais elle n'a pas été maltraitée! balbutia-t-elle en repoussant les clichés.

Surpris, les deux officiers se dévisagèrent et un silence emplit la pièce.

Sarah Börje-Illuy pleurait sans bruit, la tête baissée, le dos voûté.

— Elle est morte étouffée, mais vous trouvez qu'elle n'a pas été maltraitée? s'indigna Philippe.

— Euh, non, ce n'est pas ce que je voulais dire. Après, elle a été bien traitée. Après sa mort, se reprit la journaliste.

— Soyez plus claire, Sarah, on ne saisit pas ce que vous dites. Saviez-vous que Caliéor Hurrat était décédée ? Vous n'avez pas eu l'air étonné en voyant les photos. Que s'est-il passé ? s'enquit le capitaine, qui ne savait pas comment interpréter la réaction de la jeune femme.

Les pleurs de cette dernière redoublèrent et elle confessa :

— Je ne lui ai pas fait de mal ! C'était un accident ! Ensuite, je l'ai bien traitée !

Les deux policiers, qui venaient d'assister aux aveux de la journaliste, demeuraient sans voix. Mathias était anéanti et voyait s'envoler tous ses espoirs de romance tandis que Philippe s'imaginait déjà annoncer aux parents avoir débusqué le meurtrier de leur fille.

— Vous l'avez tuée… murmura le capitaine, qui peinait à accepter cette idée.

— Je ne voulais pas ! se défendit la journaliste.

— Vous ne vouliez pas l'étouffer ? Le légiste a établi qu'on lui a maintenu un tissu sur les voies respiratoires. Il a fallu de longues minutes avant que la mort ne survienne, du temps pendant lequel vous auriez pu prendre conscience de votre geste et vous raviser. Mais vous ne vous êtes pas arrêtée, accusa le commandant.

Sarah répéta :

— Je ne sais pas ce qui m'a pris, je ne voulais pas.

— Pourquoi lui avez-vous ôté la vie ? demanda le capitaine d'une voix bouleversée.

Elle cilla et fuit le regard des policiers.

— Ce n'était pas mon intention, dit-elle à nouveau.

Philippe se leva du bureau sur lequel il était toujours assis et se posta à côté d'elle, droit, les mains sur les hanches, le visage fermé.

— Alors, expliquez-nous comment et quand vous avez procédé.

Tremblante, Sarah essuya ses larmes et releva la tête.

— Je n'ai rien calculé, c'est arrivé comme ça. Cette nuit-là, en m'apercevant sur le parking, elle a eu peur et s'est mise à crier. J'ai mis ma main sur sa bouche, je voulais juste la calmer, je ne comptais pas la tuer !

— Et le tissu ? Il est venu se plaquer tout seul sur sa figure ? ironisa Philippe.

La journaliste parut réfléchir.

— C'était son foulard. Il y avait beaucoup de vent, il s'est envolé, je l'ai ramassé, j'ai voulu le lui rendre et c'est à ce moment-là qu'elle a commencé à crier. Elle ne m'avait pas vue dans la nuit, le parking n'était pas éclairé. Je lui ai fait peur, elle a sûrement cru que…

Euh… J'avais le foulard à la main quand j'ai cherché à arrêter ses cris, je n'ai pas réalisé qu'il lui obstruait les voies respiratoires.

Le commandant semblait ahuri.

— Combien de temps l'avez-vous maintenu sur son visage, ce foulard ?

— Je ne sais pas, je n'ai pas compté ! Longtemps, elle ne cessait pas de crier !

Mathias ne saisissait toujours pas comment la Sarah si frêle qu'il avait devant lui avait pu venir à bout d'une autre femme.

— Elle ne se débattait pas ?

— Si, mais elle était adossée à sa voiture et j'étais face à elle, elle était un peu gênée dans ses mouvements, reconnut la journaliste, mal à l'aise.

— À un moment donné, vous avez bien dû la voir s'écrouler et comprendre votre geste ! Pourquoi n'avez-vous pas appelé les secours ou la police ? questionna Philippe.

Sarah dévoila une mine affligée, pleine de remords.

— Je ne sais pas. J'étais paniquée, comme dans un état second. Je n'ai pas réfléchi !

— Qu'avez-vous fait après ? interrogea Mathias, qui tentait tant bien que mal de maîtriser ses émotions.

— J'ai emporté son corps dans ma voiture, marmonna Sarah, honteuse.

Philippe se frotta le menton, intrigué.

— Qui vous a aidée ?

— Personne…

Le commandant n'était pas convaincu.

— L'autopsie a confirmé que le corps n'a pas été traîné au sol, alors comment avez-vous fait pour porter seule un poids mort d'une soixantaine de kilos ?

— J'ai approché ma voiture au plus près du corps et je l'ai ensuite simplement soulevé pour le faire monter dedans. J'ai l'habitude de porter des choses lourdes, j'ai plus de force que vous ne le pensez… dit-elle avec un sourire en coin.

Philippe détailla la silhouette mince de la jeune femme.

— Et ce sont vos muscles qui ont mis le corps dans le coffre ?

— Pas dans le coffre. Sur le siège avant, côté passager.

— Pourquoi risquer de vous faire voir au volant avec un cadavre ? intervint le capitaine.

— Je ne suis pas une truande ! Je n'allais pas la jeter dans le coffre comme un vulgaire chien ! Elle ne méritait pas ça ! s'égosilla Sarah, révoltée.

— Il est certain qu'elle ne méritait pas de mourir… renchérit le commandant d'une voix coupante et emplie de colère.

La journaliste baissa les yeux.

— Qu'avez-vous fait ensuite ? demanda Mathias, pour qui écouter le récit de la mort de l'enseignante devenait de plus en plus insupportable.

— Après, j'ai attaché sa ceinture et je…

Philippe la coupa.

— C'est sûr qu'il ne faut pas plaisanter avec la sécurité, il aurait été dommage que vous ayez un accident, votre passagère aurait pu y perdre la vie, ironisa-t-il.

— Je l'ai attachée pour qu'elle ne tombe pas en avant et qu'elle ne se blesse pas, murmura Sarah, le regard fixe et vide.

Les deux officiers ouvrirent de grands yeux.

— Mais elle était déjà morte… rappela Philippe à la jeune femme.

— Ce n'est pas une raison pour abîmer son corps ! protesta-t-elle avec véhémence.

— D'accord, concéda le commandant. Et après ?

— Après, je me suis garée dans une rue déserte, près de chez moi. Puis je suis allée chercher un fauteuil roulant dans mon appartement.

Philippe s'étonna.

— Pourquoi aviez-vous un fauteuil roulant chez vous ?

— C'était celui de ma grand-mère, je n'ai jamais réussi à m'en débarrasser après son décès.

— Ensuite ? la pressa Philippe.

— Après, je suis retournée à la voiture et j'ai transporté Caliéor sur le fauteuil jusque chez moi. Il ne faisait pas très chaud, elle était toute blanche malgré la couverture que j'avais posée sur elle.

Les deux policiers commençaient à s'interroger sur la santé psychologique de la journaliste.

Mathias se mit à chuchoter :

— Je ne pense pas qu'elle soit complètement saine d'esprit.

— Difficile à dire. Elle peut simuler. Ou bien elle refuse encore la vérité parce que c'est trop dur à accepter. On demandera une expertise psychologique un peu plus tard. Pour le moment, poursuivons, lui répondit Philippe tout bas.

Le commandant Costali s'approcha de la jeune femme.

— Personne ne vous a vue promener le corps ? Vous avez déclaré habiter dans un appartement. Comment avez-vous fait pour y monter le fauteuil roulant ? lui demanda-t-il, sceptique.

— Il était tard, il n'y avait pas un chat. Je vis dans un petit immeuble récent qui ne compte que quelques logements, la plupart n'ont pas encore été loués. Je n'ai pas de voisins de palier. J'ai emprunté l'ascenseur, ce n'était pas compliqué, expliqua Sarah très simplement.

Philippe croisa les bras.

— Et puis ?

— Ensuite, j'ai laissé Caliéor toute seule à l'appartement, je suis retournée à pied sur le parking du lycée et j'ai conduit sa voiture sur un terrain vague où je sais que personne ne met les pieds à cause des rats qui en ont fait leur territoire.

— Et la valise ?

— Je l'avais mise dans son coffre après avoir embarqué son corps dans mon propre véhicule.

Mathias essuya son front, qui perlait de sueur.

— Vous aviez les clés de sa voiture ?

— Elle les tenait à la main quand je l'ai rattrapée sur le parking pour lui rendre son foulard.

— Comment êtes-vous rentrée chez vous après avoir abandonné sa voiture ? voulut savoir le commandant.

La journaliste montra ses chaussures.

— À pied, j'avais pensé à mettre des baskets en repartant de l'appartement. J'ai marché plusieurs dizaines de kilomètres, je suis rentrée à l'aube.

Philippe émit un petit rire narquois.

— C'est vrai, j'allais oublier que vous étiez une grande randonneuse !

— Vous voyez maintenant que je ne mentais pas ! osa lui répondre Sarah.

Philippe préféra ne pas renchérir.

— Une fois rentrée chez vous, qu'avez-vous fait ?

— Je l'ai douchée et habillée avec des vêtements neufs. C'était long, elle ne m'aidait pas beaucoup, répondit-elle, l'air hagard.

Mathias la regarda avec pitié.

— Pourquoi ?

— Pour qu'elle soit belle et propre ! s'écria la jeune femme comme si la réponse était évidente.

Le commandant s'agaça de la confusion répétée de la journaliste.

— Pour qu'IL soit beau et propre, on parle de son corps mort ! corrigea-t-il.

— Et une fois lavé et vêtu, qu'avez-vous fait du cadavre ? s'enquit le capitaine.

— Je l'ai laissé dormir chez moi et je me suis couchée aussi. J'étais fatiguée, j'avais marché toute la nuit, bredouilla Sarah.

Philippe soupira, dépité.

— Très bien. Et à votre réveil ?

— C'est la sonnerie du téléphone qui m'a réveillée en fin de matinée. C'était Sonia, ma référente à Edu'Mag, qui s'étonnait de mon retard. Je lui ai dit que j'étais malade et que je ne viendrais pas travailler de la journée.

— Alors à quoi avez-vous occupé le reste de la journée ?

La journaliste fixa sa bague des yeux.

— Je suis allée chez un bijoutier.

— C'est de là que provient l'alliance que l'on a retrouvée sur le corps de Caliéor Hurrat? demanda Mathias.

La jeune femme fit oui de la tête.

— Pourquoi cet achat et pourquoi avoir fait graver la bague à votre prénom? questionna Philippe d'une voix intriguée.

— Je ne sais pas. Peut-être pour implorer son pardon, répondit Sarah en haussant les épaules.

Les deux officiers restèrent muets.

Sarah ajouta :

— Après, je suis rentrée. Il me restait un peu de temps, alors je l'ai coiffée et maquillée.

— Pour que ce soit la plus jolie des mortes, j'imagine, dit Philippe avec ironie.

— Vous dites qu'il vous restait du temps. Du temps avant quoi? intervint Mathias.

La journaliste se passa la main dans les cheveux.

— Avant de sortir la promener.

Philippe faillit s'étrangler.

— Encore mieux! On nage en plein délire! chuchota-t-il au capitaine. Racontez-nous votre petite balade, poursuivit-il à voix haute en se tournant vers la journaliste.

— J'ai attendu la tombée de la nuit pour sortir avec le fauteuil roulant. J'ai installé Caliéor dans ma voiture, puis j'ai roulé jusqu'en Belgique en empruntant les petites routes.

— Son corps a été retrouvé à Nieuport. Pourquoi là-bas ?

Sarah eut l'air pensif.

— Elle m'avait parlé un jour de sa passion pour la mer et j'aime la côte belge, dit-elle d'une voix à peine audible.

— Vous avez déposé son corps sur un banc de l'estacade est. Pourquoi ne l'avez-vous pas jeté à l'eau ? chercha à savoir le commandant.

La jeune femme fit un bond sur sa chaise.

— Je ne voulais pas que son corps se détériore ! s'offusqua-t-elle.

— Immanquablement, le corps se détériore après la mort, même en l'asseyant sagement sur un banc ! fit remarquer Philippe cyniquement.

— Non, vous n'avez pas saisi, ce n'est pas ce que je voulais dire ! Si je l'avais jeté à la mer, il se serait égratigné sur les rochers et aurait été dévoré par la faune marine. Je ne voulais pas abîmer son corps, vous comprenez ? Elle était toute raidie, mais je tenais à ce qu'elle reste belle, lâcha Sarah, les larmes aux yeux.

Déconcerté, Mathias prit une profonde respiration.

— Comment avez-vous fait pour que personne ne vous aperçoive en train de déposer le cadavre sur le banc ? La police belge a épluché les bandes des webcams postées sur la jetée et n'a pas pu vous identifier…

— J'ai choisi l'estacade est parce qu'elle est plus longue et s'enfonce davantage dans la mer que l'estacade ouest. On est moins visible de la plage et l'éclairage était en partie défaillant. J'avais mis des vêtements sombres et j'avais recouvert mon visage d'un foulard surmonté d'une capuche. Je me suis arrêtée au niveau du banc qui n'était pas éclairé par le réverbère cassé, j'ai sorti Caliéor du fauteuil en m'appuyant sur la rambarde de l'estacade et je l'ai laissée sur le banc, expliqua la journaliste en faisant rouler sa bague entre ses doigts.

— Et vous êtes rentrée vous coucher, conclut Philippe, abasourdi.

— Non, j'ai marché plus d'une heure dans la ville parce que je n'arrivais pas à me résoudre à abandonner Caliéor, murmura Sarah d'une voix blanche.

Le commandant Costali et le capitaine Cintève se sentirent soudainement dépassés et effrayés par la conscience altérée de la jeune femme.

— Mais vous avez tout de même fini par reprendre votre voiture et rentrer, lui dit Philippe.

Elle hocha la tête.

— Oui, mais je ne suis pas rentrée directement chez moi, j'ai fait un détour par le terrain vague où j'avais laissé la voiture de Caliéor. Il commençait à faire jour et j'étais épuisée par la route, mais j'ai quand même pris le temps de désinfecter le volant, de passer les sièges à la brosse à vêtements, d'effacer le numéro du moteur et de retirer les tapis de sol et les plaques d'immatriculation. J'avais ce qu'il fallait dans ma voiture.

— Vous vouliez certainement rendre le véhicule de Caliéor Hurrat aussi beau et aussi propre que son corps ? se moqua Philippe.

La journaliste s'indigna.

— Je ne vous permets pas !

— Toujours est-il que tout semble avoir été parfaitement calculé…

Sarah hurla.

— Pas du tout, vous vous trompez, je n'avais pas prévu de la tuer ! Si j'avais orchestré sa mort, j'aurais choisi un autre endroit qu'un parking à l'air libre, à la sortie d'un établissement scolaire, en pleine ville !

— Vous ne pouvez néanmoins pas nier avoir cherché à faire disparaître son corps, accusa le commandant.

— Si j'avais vraiment voulu faire disparaître son corps, je ne l'aurais pas laissé sur un banc à la vue de tous ! se défendit-elle.

— Admettons. Vous souhaitiez qu'on retrouve le cadavre, mais vous ne vouliez pas qu'on découvre le responsable de cette mise en scène. Vous avez quand même évité minutieusement toutes les caméras de vidéosurveillance, lui rappela Mathias.

— Et je ne pense pas faire erreur en affirmant que vous avez également dissimulé ses affaires, dont son téléphone portable, renchérit Philippe.

— J'ai éteint son téléphone et retiré la batterie quand j'étais sur le parking du lycée, j'ai laissé le mien chez moi lorsque j'ai pris ma voiture pour aller à Nieuport et j'ai emporté le sien, que j'ai jeté à la mer depuis l'estacade, révéla la jeune femme.

Le commandant siffla.

— Et avec ça, vous voulez toujours nous faire croire que rien n'a été prémédité !

— Je vous assure, je ne l'ai pas tuée volontairement. J'ai réfléchi seulement après. Quand je me suis retrouvée face à son corps sans vie, soutint Sarah.

Philippe la scruta du regard.

— Vous m'avez maintenant l'air parfaitement lucide. Nous avons pensé un instant que vous manquiez de discernement et nous étions à deux doigts de demander une expertise psychologique, mais vous semblez finalement avoir la pleine maîtrise de vous-même.

Sarah posa ses deux mains sur le bureau du capitaine, les paumes à plat.

— Je ne suis pas folle et j'ai conscience d'avoir mal agi, si c'est ce que vous voulez entendre. Inutile de réclamer une expertise, elle établirait que je ne relève pas de la psychiatrie. Je vous fais gagner du temps, remerciez-moi.

Mathias ne réprima pas ses regrets.

— On aurait préféré un acte fou. Juridiquement, vous n'auriez pas été responsable…

Philippe le foudroya du regard, puis pivota vers la journaliste.

— Vous serez jugée pour ce que vous avez fait et c'est ce qui pouvait arriver de mieux pour la famille de Caliéor Hurrat, que vous avez détruite. Et s'il vous reste un minimum d'humanité et de compassion, peut-être pourriez-vous expliquer aux parents la raison de votre geste. Ça ne soulagera pas leur peine mais savoir pourquoi vous avez tué leur fille les aidera sûrement à rester debout.

Le capitaine tenta à son tour de la persuader :

— Il est possible que les juges prennent le mobile en considération et diminuent votre peine. Enfin, c'est selon…

Le visage de Sarah Börje-Illuy se ferma.

— Je vous l'ai dit, je ne sais pas, maintint-elle. Je ne voulais pas qu'elle meure. Je plaiderai coupable et je paierai pour ce que j'ai fait. Je n'ai rien d'autre à ajouter.

Épilogue

11 mars

Maison d'arrêt de Lille-Sequedin

« Börje, promenade ! » entends-je depuis ma cellule. Mais je n'ai pas la force de me lever, j'ai le cœur trop lourd. Triste anniversaire aujourd'hui, douze mois se sont écoulés depuis que Caliéor est partie. Pas un jour sans que je pense à elle. Pas une seconde sans que mes doigts dessinent dans l'air ses traits délicats. Son visage et sa voix me manquent, mais je n'ai rien oublié d'elle. Seule ma mémoire olfactive a fini par m'abandonner en effaçant contre mon gré les notes sucrées du parfum que j'aimais tant sentir. Allongée sur mon lit d'acier, je souris à l'idée que quelque part, dans le garde-meuble où ont été entassées mes affaires après ma condamnation, dissimulé dans une vieille malle à double fond, le foulard de Caliéor dégage encore ses doux effluves. À défaut d'avoir pu le garder sur moi, je l'avais précieusement conservé entre mes vieux vêtements, laissant ainsi mes pensées s'imprégner et se délecter du souvenir de son parfum. Et de bien d'autres choses. Sa tendresse, sa délicatesse, sa pureté, sa volupté, sa peau, ses mots sur sa bouche maquillée. Elle vient chaque nuit me chercher et illuminer mes rêves les plus secrets. Elle m'emporte dans un autre monde où nous ne sommes pas séparées, où nous renaissons et nous découvrons jour après jour, un monde où elle me laisse l'aimer et où elle m'enveloppe de tout son amour, un monde où ses yeux plongent sans retenue et sans peur dans les miens, où mes lèvres se scellent délicieusement aux siennes et où nos souffles et nos corps se mélangent. Je rêve d'elle, je la revois me sourire, j'entends encore le son de sa voix, mais je ne la sens plus près de moi. Si seulement elle ne m'avait pas repoussée…

Caliéor, ma Cali, tu n'as pas vu combien je t'aimais, tu n'as pas compris à quel point tu me hantais. Regarde maintenant où tu m'as menée. Moi, Sarah, je suis condamnée. Pour t'avoir trop aimée… Je me suis ouverte et offerte à toi, j'ai menti pour toi, tu n'avais pas le droit de m'éloigner de toi. Tu m'appartiens. Tu es à moi. Je tends la main, je t'appelle, mais tu ne viens pas, alors vois ce que tu m'obliges à faire pour te retrouver. Ces quelques comprimés dérobés et vite avalés vont nous lier à tout jamais. Tu portes déjà à ton doigt le signe de notre alliance éternelle. La bague que je portais à ton nom m'a été retirée, mais les maigres lignes que je viens de rédiger sur ce morceau de papier me la restitueront. Je perçois quelques notes de musique qui s'élèvent au loin, les gardiens de la prison sifflotent, ma vision et mes pensées se troublent, ma respiration ralentit, je monte lentement vers toi. C'est sur les paroles de la plus jolie des chansons d'amour que j'expire pour la dernière fois et que j'arrive auprès de toi. Jamais nul ne saura. Je t'aimais… à en mourir.

WWW.EDITIONSDELAREMANENCE.FR

SUIVEZ-NOUS SUR

- @EditionsdelaRemanence
- @ed_remanence
- @editionsdelaremanence
- @editions-de-la-remanence

IMPRESSION : BOOKS ON DEMAND, GMBH
NORDERSTEDT, ALLEMAGNE
DÉPÔT LÉGAL : JUILLET 2019